范三畏 編著

中 華 教 育

目錄

寫給小讀者的話

小朋友們，你們知道嗎？童年是一個特別喜歡聽故事的時期。故事既能極大地開拓你們的眼界，又能豐富你們的感情。

我們的職責就是多多為你們提供好故事。

讀故事就得認識漢字，但單個的字是乾巴巴的，沒有故事那麼生動有趣。能不能找到一種辦法，讓小朋友們能輕鬆有趣地明白漢字蘊含的道理呢？好在漢字既有理性的一面，也不乏感性之趣。將故事與漢字相結合，就可以讓大家在趣味盎然的故事中加深對漢字的理解。

這本《漢字小故事》包括人體漢字故事、生活漢字故事、動植物漢字故事、日月山川漢字故事、教育倫理漢字故事等，給大家講述與故事有關的漢字和與漢字有關的故事，讓大家從中既能得到知識，又能獲得樂趣。

都是人身體

—— 人、大、天 ——

有一句話，叫「天是一個大的人，人是一個小的天」。意思是天的道理和人的道理一樣，都有規律。

這句話裏，「人」「大」「天」三個字，都和人有關。

從甲骨文字形來看，「人」是側面站立的人形：𠆢；「大」是正面站立的人形：大。

「天」字的字形，在金文裏是「大」上邊加一個大圓點：天。《說文解字注》裏說，「天，顛也」，又說，「顛者，人之頂也」。意思是說：天是人的顛頂，也就是頭頂；而頭頂上方是天空，所以，天的引申義為天空。

「大」「人」兩個字連起來，就是「大人」，最早是用於稱呼首領、王者的。

《周易》裏有「大人虎變」的話，這和遠古時代的虎崇拜有關係。

據說戰國初期的秦厲公時，有一個秦國的奴隸，叫無弋爰劍。他因為不願做奴隸，逃跑了，秦國的士兵就追趕他。

爰劍向山裏跑，秦兵窮追不捨，他趕忙藏進一個小山洞裏。

秦兵追過來，不見了爰劍，搜索了一陣，發現了小山洞，估計他藏在裏邊，就撿了一堆柴草堆在洞口，用火點着了。心想：這煙熏火燎的，他還能不出來？

秦兵正在得意之際，忽然看見火光沖天的洞口出現了一隻斑斕猛虎，眾秦兵嚇得大叫一聲，四散逃跑了。

爰劍聽到外邊久久沒有動靜，就爬出來順利逃掉了。

爰劍在逃難途中，和一個羌女結為夫妻。當羌

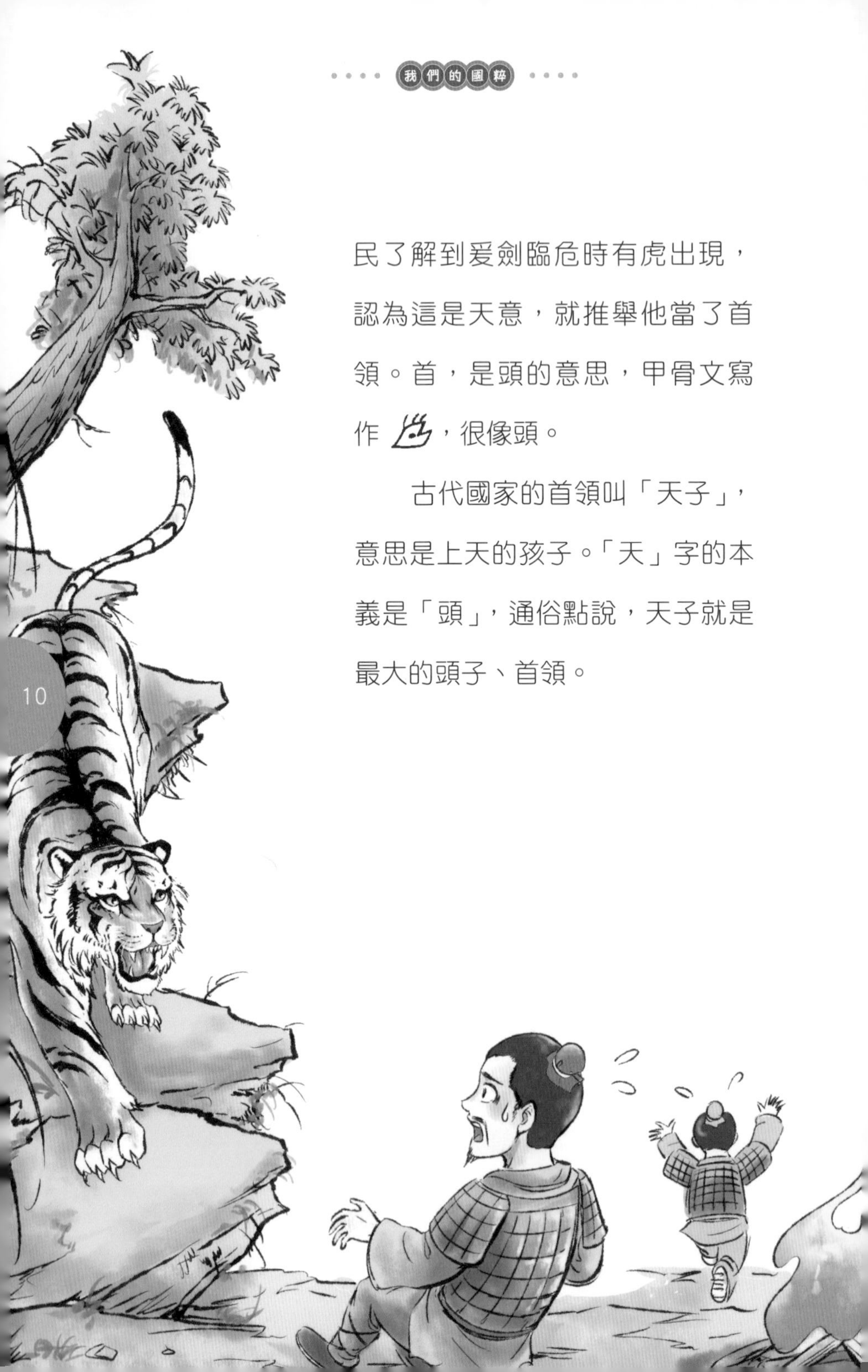

民了解到爰劍臨危時有虎出現，認為這是天意，就推舉他當了首領。首，是頭的意思，甲骨文寫作 [甲骨文]，很像頭。

古代國家的首領叫「天子」，意思是上天的孩子。「天」字的本義是「頭」，通俗點說，天子就是最大的頭子、首領。

四對小兄弟，哪對最神氣？

—— 眼、耳、口、鼻 ——

奇怪呀，人們都說臉上有「五官」，為甚麼說是「四對小兄弟」呢？這到底是怎麼回事？別急，我們先來聽一個故事——

古籍《莊子》中有一個給渾沌鑿竅的故事。

話說南海之帝叫儵，北海之帝叫忽，中央之帝叫渾沌。

儵和忽在渾沌那兒相遇，渾沌招待得特別好。儵和忽商量着要報答渾沌：「人都用七竅看、聽、吃喝、呼吸，唯獨渾沌沒有七竅。我們嘗試着給他鑿出來吧！」於是，儵和忽每天給渾沌鑿出一個竅。第七日，竅鑿全了，渾沌卻死了。

可見，從很早的時候起，人面部的眼、耳、鼻、口，就被稱為「七竅」。「竅」是孔的意思，因為眼、耳、鼻都是雙孔，唯獨口是一孔，合起來剛好是七竅。

這話其實並非全然正確，以前如果人們某個竅偶然有了疾病，到醫院去檢查，掛號得掛五官科（現在叫耳鼻喉科）。

五官，指眼、耳、鼻、喉、口。「官」在這裏是器官的意思。除眼、耳、鼻三副器官以外，喉和口各佔其一。「七竅」中的口竅，從外面看，的確是一竅；從裏面看，其實包括喉、口兩竅。你看，所謂七竅、五官，其實是四對小兄弟。

有的小朋友喜歡玩一種叫「擊掌指鼻」的遊戲：

伙伴甲伸出左手，掌心向上，右手食指指鼻尖；伙伴乙左手握住甲左手指，右掌擊甲左掌心，同時口喊「眼睛」(「耳朵」「鼻子」「口」)；伙伴甲一聽喊聲，快速將指着鼻尖的食指指到所喊的位置。如果指錯了，甲、乙兩個伙伴就得互相交換角色，然後接着玩。

這種遊戲，為甚麼每次要從指着鼻子開始呢？

《說文解字》裏說，「自，鼻也，象鼻形」。怪不得人們總是喜歡指着鼻子介紹自己，原來在我國最早的體系完整的文字——甲骨文中，「自」是鼻子的象形字：。可見，從使用甲骨文的時代起，人們就已經指着鼻子說：「就是我自己。」

也許因為鼻子居於五官的中心，最為神氣，所以，最初「自」作為鼻子的象形字，既表示鼻子，又表示鼻子的主人——自己。後來，人們另外造了一個形聲字 ——「鼻」，用來專指鼻子。

有了「鼻」字以後，「自」當鼻子講的本來意思反而被人們遺忘了。

這就是為甚麼耳、目、口都是象形字（它們的甲骨文字形分別是 、 、 ），唯獨「鼻」是個以「自」為形、以「畀」為聲的形聲字的原因吧！

是牙還是齒

—— 牙齒的故事 ——

「牙」不就是「齒」嗎？咦，不對，好像還有點兒區別。比如，牙膏不叫「齒膏」，牙刷不叫「齒刷」。想知道這是為甚麼，就往下看看牙齒的故事吧！

傳說帝堯時代，天上十個太陽一齊出來，曬得草木焦枯、大地龜裂，人類無法生活。幸虧神箭手羿射掉了九個太陽，只留下一個，植物才又開始發芽、生長。

但是，災難並沒有消除，還有很多魔怪在害人。其中有個牙齒長三尺、形狀像把大鑿子的傢伙，叫鑿齒，它能手拿武器作戰。羿和它在名叫疇華的大湖邊苦戰，鑿齒右手拿戈拚殺，左手拿盾牌抵擋，非常厲害，但最後還是被羿消滅了。

還有一個有關牙齒的黑齒國的神話。據說黑齒國在遙遠的東海，接近太陽升起的地方。黑齒國的人吃稻子和蛇。也許因為長期抓蛇、吃蛇的緣故，他們的手是黑的，牙齒也是黑的。

後來有人說，鑿齒不是怪物，是古代一個愛鑿掉門牙的民族，他們認為那樣很美。

也有人說，黑齒國的人之所以牙齒黑，不是吃蛇吃來的，而是愛嚼檳榔的緣故。

不管怎麼說，牙齒與人的飲食和身體健康關係十分密切。

小篆的「牙」字，字形像從側面看到的牙齒：。在古代，「牙」指的是一般的牙齒。

「齒」字，甲骨文字形為，小篆的齒字很形象：。上面的「止」，是當初用來表示讀音的偏旁，下面的主體字形，像口腔中的上下兩排牙齒。在古代，門牙被專稱為齒。

有舌就有一切

—— 舌頭的故事 ——

人們常說，會說話的人有「三寸不爛之舌」，這話不假，對於有些人來說，還真是「有舌就有一切」！你知道這些是甚麼人嗎？

戰國時代，各國之間爭鬥很厲害，於是出現了好多幫別人出謀劃策的人，這些人叫「策士」，意思是專門獻計策的人。

策士中最有名的，要算張儀和蘇秦了。兩個人同在鬼谷子先生處學本領，蘇秦自認為比不過張儀。

張儀學成後就在各國活動。有一次，他在楚國丞相那裏飲酒，過了一會兒，丞相發現丟了一塊玉璧。丞相府的人認為張儀窮，玉璧準是他偷的，就抓住張儀，把他打了個半死。張儀不服，最後因為證據不足被釋放了。

張儀回到家中，妻子看到丈夫的慘狀，不由得哭了起來，說道：「唉！您要是不讀書、不遊說，能受這般羞辱嗎？」

張儀並不當回事，開玩笑地對妻子說：「你看我的舌頭還在不在？」說着就把嘴張開來。妻子一聽，擦乾眼淚笑了，說：「舌頭還在呢！」張儀說：「有它就足夠了！」

這個故事叫「張儀舌在」。故事告訴我們，憑着「三寸不爛之舌」以求富貴的人，舌頭這「本錢」十分重要。

有人說，五官的作用都是相通的，舌頭對甜味最敏感，所以耳朵也就最愛聽甜言蜜語。這應該只是開玩笑的話，但舌頭對甜味敏感的確是事實，難怪關於味道的字，只有「甜」字是舌字旁了。

「舌」的甲骨文，像張開口伸出舌頭的樣子：

。

「甘」是甜、甜美的意思。「甘」的字形像口中含着一塊東西，應該就是糖：。

「甜」是後來造的字，和「甘」是同一個意思。

舉手投足間

—— 手、又、寸和止、足、疋 ——

有個成語叫「手舞足蹈」，本來的意思是：舞蹈時配合樂曲，兩手舞動，雙足跳動。後多形容心情極度興奮，用動作來表達的樣子。《西遊記》中孫悟空聽師父講課，聽高興了，不就是這樣的動作嗎？

手特別靈巧，足特別穩健，它們配合起來就既靈巧，又穩健，還好看。

手除了靈巧，也可以很有力。所以，男生喜歡比賽掰手腕，運動項目裏有拳擊。

《西遊記》中的如來佛，用一隻手化作一座山，把孫猴子壓在山下五百年。

傳說大禹治水時，軒轅山堵住了河水，大禹就變成熊，用熊掌來推山。

這都是人們對手的浪漫想像。

金文的「手」字是手的象形，既有手掌，又有五根指頭：。

古代表示手的字還有「又」和「寸」。

「又」的甲骨文字形像手的側面，字形只表示出三根手指，因為從側面看的時候手指少：。

小篆的「寸」是「又」字下加了一横，表示手腕部位脈搏的位置，那裏叫寸口：。

有關腳的故事，也有不少。

春秋時期，楚國和吳國發生了戰爭，楚軍戰敗，楚昭王的戰車也損壞了，只能下車奔跑。跑着跑着，楚昭王的一隻鞋子掉了下來。這時他已經跑出去三十步遠，又轉身去拾鞋。

最後大家逃到了隨國，楚昭王左右的人問他：「大王何必珍惜一隻鞋子呢？」楚昭王說：「我們楚國雖窮，我也不至於捨不得一隻舊鞋子！我是想和它一起出來，也一定要一起回去呀！」

大家聽了，很受感動。從此以後，危急時不離不棄成了楚國的傳統。

楚昭王對一隻鞋都這麼重視，可是，同時代的另一些統治者，卻把人的腳趾說砍就砍了。

齊景公派晏嬰出使晉國，晉國大臣叔向負責招待他。叔向問起齊國的情況，晏嬰說：「國君家的倉庫中，聚斂的財物都朽爛了，老百姓都挨餓受凍；都城的市集上，鞋子的價格低，踴的價格高。」

腳在古代叫「止」（甲骨文字形為 ）；也叫「足」（甲骨文字形為 ）或者「疋」。它們都是腳的象形字。

「疋」，與我們常說的腳 —— 足，原本是同一個意思。

上面的故事中提到的「踴」，是古代受了刖刑的人穿的特製鞋子。

刖刑，是砍斷腳趾的刑罰，所以也叫「刖足」。刖，也寫成「跀」。兩個字形聯繫起來，可以看出，刖刑就是把人一隻腳的腳趾砍去。

由「刖足」我們可以聯想到一個成語，叫「削足適履」，意思是：鞋子小了，不另配鞋子，卻要把腳削小一些來適應鞋子。比喻不恰當地遷就現有的條件，或不顧實際情況，勉強湊合。

左顧和右盼

—— 左與右的故事 ——

上課時，老師經常提醒我們：「同學們要用心聽講，不要左顧右盼！」你知道「左顧右盼」這個成語是怎麼來的嗎？

孟子是戰國時代著名的思想家。當時有許多諸侯國，由各自的國君統治管理。孟子曾經到各國去遊歷，向國君們宣傳自己的政治主張。

孟子在齊國的時候，有一次對齊宣王說：「您有一個臣子，把妻子兒女託付給朋友照顧，自己到楚國遊歷去了。等他回來的時候，妻子兒女卻在挨餓受凍。對待這種朋友，我們應該怎麼辦呢？」

齊宣王說：「和他斷絕關係。」

孟子說：「如果負責執法的官員不能管住他的下級，那應該怎麼辦呢？」

「撤掉他！」齊宣王毫不猶豫地說。

「如果一個國家的管理搞得很不好，那又該怎麼辦呢？」孟子又問道。

齊宣王轉過頭去，看着他左右的臣子，把話扯到另外一些事情上去了。

這個故事叫「王顧左右而言他」，意思是：王看着左右的人，扯起其他的事來。「顧」就是看的意思。這個故事諷刺了那些小事上精明、大事上不負責任的統治者。

「顧左右」簡稱「左顧」，也就是往旁邊看。「左右」，故事中指的是在王左右的人。

「左」，金文寫成[金文字形]，由「[金文字形]」「I」兩部分組成。[金文字形]，表示手；I，像把[字形]形工具立起來的樣子，這是原先修房屋打地基時用的手杵的模樣：頂上的短橫「一」像把手；豎筆「丨」像插杆，比較長；

「〇」像石墩。手握着杵，表示幹活兒既要靠手，又常常要靠工具，工具是輔助人的。

「右」，由「⺕」「ㅂ」兩部分組成：[illegible]。這兩個字在一起，表示幹活兒時，手和口互相配合起作用。

「左」「右」二字，都有幫助、依靠的意思；坐在王左邊、右邊的人，就是王的助手。

分身可有術

—— 身體的故事 ——

一個人太忙的時候，常常恨不得把自身分成幾個，於是就會歎息「分身乏術」啊。

但是佛教中說人可以有身外身，甚至可以一身分在三處。《西遊記》中的孫悟空，拔一把毫毛，吹一口氣，就能變出幾百隻小猴。當然，這些都是人的想像罷了。

唐代時有個傳說，說清河人張鎰曾經打算把小女兒倩娘許配給王宙。後來倩娘的母親嫌王宙沒考上進士，就不許二人成婚，還打算把女兒另嫁他人。倩娘為此心情鬱悶，病倒在牀。

無奈的王宙，後來進京去考試時路過張家，但也不好再說甚麼，轉身離開了。

王宙走到半路，沒想到倩娘竟然追趕上來，於是

兩人一同進京。

憑着才學，王宙考中狀元，衣錦還鄉，帶着倩娘回到了張家。張家人都大吃一驚：這怎麼可能呢？倩娘不是一直臥病在牀嗎？！

當回到家裏的倩娘走進自己的閨房時，另一個倩娘果然還睡在牀上。

這時候，只見倩娘走到牀前一閃，霎時間，兩個倩娘合為一體。

原來，這離家出走的倩娘，實際上是倩娘的靈魂，並不是她本人的身體。

倩娘的病徹底好了。於是，在熱鬧的歡宴中，王宙和倩娘美滿完婚。

「身」，在金文中像側身的大肚子：，指的是婦女懷孕後的身形。引申為人的軀體。

「體」，整個肢體。「骨」表示全身骨架，「豊」表示近似的讀音。

「魂」，「云」表示相近的字音，「鬼」表示字義。古人認為人有靈魂，人患重病時靈魂可以離開軀體，像雲一樣飄動起來。

小心你的胃口

—— 心和胃的故事 ——

心和胃，好像沒多大關係呀！它們能有甚麼故事呢？來看一個「西施捧心」的故事你就明白了。

《莊子》一書中有這樣一個故事：美女西施得了心口疼的毛病，她按着心口，皺着眉從村裏走過。同村的醜女人東施看了覺得很美，就學西施的樣子，也裝作心口疼，按着心口，皺着眉，從村裏人面前走過。

村裏的富人見到她這般模樣，都緊緊關起大門躲起來；村裏的窮人見到她，拉起老婆孩子就跑遠啦！

東施只知道西施皺眉頭美，卻不知道西施皺眉頭為甚麼美。

這個故事叫「西施捧心」，也叫「東施效顰」，或叫「西顰東效」。故事嘲笑了那些不顧自身條件，只是一味模仿，效果卻很糟糕的人。但「東施效顰」或「西顰東效」也可以用來表示自謙。

「顰」，小篆字形是「步」「頁」「卑」的合體，意思是要涉水的時候，眉毛、額頭皺起來，一副可憐樣。「頁」是頭，甲骨文寫作 。這個字形主要突出了眉毛、額頭。「卑」是可憐的樣子，「卑」字也表示「顰」字的讀音。

故事中說的「心」，小篆寫成 ，像心臟的樣子，但「心」有時指的是胃。如點心，其實是用來墊胃的。心口疼，多指的是胃疼。真正的心疼，也叫心絞痛，發病時病人是根本無法行走的。

「胃」字，由「田」「月」兩部分組成。小篆的「胃」字也寫成 。「月」是古代的「肉」字，上面的「田」字，字形是「口」中有「※」。「※」是米字傾斜的寫法，表示飯在「口」形的胃囊中被攪拌，以幫助消化。

我們食慾好能吃飯時，就叫胃口好。但俗話說「病從口入」，飯能養人，吃不好也能害人，所以一定要小心你的胃口喲！

肝膽來相照

—— 肝和膽的故事 ——

肝膽是人體內的器官，怎麼能「相照」呢？據說這個故事還和秦始皇有關係，用秦始皇的鏡子能看到人的五臟六腑。

傳說秦始皇有一面方鏡，能照見人心的善惡。《西京雜記》一書中說：劉邦帶兵反抗秦的統治，攻入都城咸陽，在檢查倉庫時，果然找到一面特殊的大方鏡，寬四尺，高五尺九寸，正反兩面都能照。

劉邦試着照了一下，發現：人直接來照，影子倒着出現；用手按着心來照，能清楚地看見五臟。

一個人如果心思不端正，一照這鏡子，就會發現膽膨脹了、心搖動了。秦始皇常常用它來照宮裏的人，只要發現誰的膽膨脹了、心搖動了，馬上就殺了誰。

在人體內，除了心，就數肝和膽的關係最密切了。肝與膽，離得最近，膽緊貼着肝。中醫學認為，人的每一個臟器都與思想有關，其中肝主管謀劃、思慮，膽負責最後決斷。一個人想問題，首先是動了心思，接着由肝來反覆考慮，最後由膽來決定該不該幹。這下，我們也就明白了，為甚麼成語裏既有「膽大心細」「膽戰心驚」，又有「披肝瀝膽」「肝膽相照」了。

肝，有幹的意思，幹就是枝幹。中醫學認為，肝就像樹木的枝幹。樹木的枝從幹上伸出來，並且開花結果。樹幹是負責運送營養的，肝也是人體最重要的營養中轉站。

膽，帶「詹」旁的字大多有向上的意思：肩膀向上是「擔」，眼睛向上是「瞻」，水波紋向上是「澹」。膽也是向上承接肝造出來的膽汁，用來消化肉食。

冠軍真蓋帽兒

—— 冠與帽的趣說 ——

「冠」有幾個讀音？冠軍和蓋帽兒又有甚麼關係？是不是以前的人當了冠軍，要戴着帽子去領獎？

《莊子》一書中說：中原地區的宋國，有一個商人採買了一批禮帽，到海邊的越國去賣。可他到了越國一看，越國人都留着光頭，身上刺着花紋，根本不用戴帽子。

原來，越國人常常下水捉魚，頭髮一長，容易遮住眼睛；沒有頭髮，帽子容易被水沖掉，所以乾脆不戴帽子。沒人戴帽子，那個商人的買賣就做不成了。

這個故事叫「宋人資章甫」。資是販賣的意思，章甫是禮帽。故事諷刺了那些不調查研究、冒失辦事的粗心人。

《苻子》一書中說：東海有一種大鰲，體形特別大，能頭頂着蓬萊島在大海中遨遊。當牠跳躍的時候，能頂住雲層；當牠潛入海中的時候，能直接鑽入海底。

有一羣紅螞蟻聽了關於大鰲的傳說，非常好奇，就結伴來到了海邊，打算一睹鰲的風采。紅螞蟻在海邊等了一個多月，甚麼也沒看到，更別說看到那神奇的「演出」了。於是，就打算回去了。

突然，海上來了大風，大海都沸騰起來。幾天後，大風停止了，海中有物體浮了起來，像聳起的山巒，高度像要頂上雲天，有時還向西游動。紅螞蟻不禁笑了起來，說：「那傢伙頭頂一座山，不是和我們頭頂一粒米一樣嗎？」

這個故事叫「冠山戴粒」，雖然大小不同，但各適其所。

「冠」字，在普通話有兩個讀音。作名詞當帽子講的時候，讀一聲，如「雞冠子」；作動詞指戴帽子的意思時，讀四聲，如「冠羣」，指超出眾人。冠山戴粒的「冠」，就讀四聲。同樣，冠軍的「冠」也是四聲，因為它是列於全軍之首的意思。還有一個詞，叫「冠冒」，意思是蓋過、擺在第一位，相當於現在北京人

說「蓋了帽兒」「蓋帽兒了」，這個「冠」，同樣讀四聲。

「冠」字的字形，由「冖」「元」「寸」三部分組成。

「冖」的字形像帽子，引申為覆蓋，現在寫作「冪」。

「元」的甲骨文字形由「上」和「人」兩個字符組成：，意思是「人上有頭」。

「寸」的小篆字形由代表手的「又」和指事符號「一」組成，指的是手腕寸口的部位，也可理解為手。

三部分加起來，「冠」的意思就是：手拿帽子，戴到頭上。

「布衣」和「紈絝」

—— 衣、褲的故事 ——

衣服和褲子也有故事。

有這樣一個笑話，有人做了一套新衣服，他穿上身，邁着八字步從街上走過，讓兒子跟着。走了一陣子，到了沒人的地方，他偷偷問兒子：「有人瞧着我沒有？」兒子說：「沒有。」「那就讓我放鬆一會兒吧！」那人有點兒失望地說。

自己想擺擺闊氣，就以為一定會有人旁觀，但事實並不是這樣。

據說西楚霸王項羽攻破秦的都城咸陽後，見宮殿被燒，殘破不堪，自己又懷念家鄉，打算向東撤兵，就說：「富貴不歸故鄉，就像身穿錦繡衣裳在夜晚走路，有誰知道你？」有人嘲笑他說：「人家說楚人是穿衣戴帽的猴子，果然如此。」項羽聽了，就把嘲笑他的人給殺了。

相比之下，項羽比前面那個人更可笑，也更可惡。

東漢時，廉叔度做了蜀郡太守。蜀郡有個舊規定：禁止老百姓夜間在燈下幹活兒，以防火災。但是百姓為了生活，仍然在夜裏偷偷摸摸地做工，所以火災不斷。

廉叔度上任後，取消了禁止夜間在燈下幹活兒的

規定，但要求每家都要儲備足量的水，以防火災。這個舉措，有利於老百姓的生產和生活。大家編了一首歌，感謝廉叔度：

「廉叔度，來何暮？不禁火，民安作。平生無襦，今五褲。」意思是：廉叔度呀，您來得為甚麼這麼晚？您不禁止燈火，人民就能好好勞作。以前沒短衣，如今五條褲！

衣服和褲子，也可以用來代指人，古人用「布衣」代表平民，用「紈絝」代表富人。

「衣」是個象形字，甲骨文寫作 。

「紈」，小篆寫作 ，意思是有光澤的白色絲綢。「丸」表示字音。在普通話裏，「紈」的字音和「煥」接近，「煥」也有光澤的意思。

「絝」，同「褲」，小篆寫作 。「糸」旁表示紡織品；「夸」表示相近的字音，也和胯有關。

所謂紈絝子弟，就是有錢有勢、衣着華貴卻不學好的那些年輕人。

數誰最美麗

—— 美麗的故事 ——

森林裏的動物正在舉行選美比賽。

鳥類到處飛翔，熟知人類選美比賽的規則，所以最先仿效。牠們已經選出了鳥類中的冠軍和亞軍，選美活動已經結束。

獸類經過幾天的爭論，已選出的「帥男」有老虎、花豹、熊、大象，選出的「靚女」有羚羊、狐狸、貂、鹿。現在是大會的最後一天，到底誰是冠軍，誰是亞軍呢？

今天的評選，辯論十分激烈！

擁護老虎的認為：「老虎最美。如果牠不是最美，怎麼叫老虎呢！老，就是老大，也就是第一嘛！」

但是，支持大象的可不接受了，牠們認為大象最美。牠們說：「老大，就是要大，誰能比大象大？這不明擺着是大象第一嗎？」

「不對！最美的要數花豹。現在最流行的詞是『火爆』，最流行的衣服是花豹衫！」「挺豹派」早已經不耐煩了，臉紅脖子粗地爭了起來。

「呵呵，我們擁護熊大哥。從古到今，誰不想成為英雄？『英雄』不就是英武的熊嗎？」最後發言的「挺熊派」顯得慢條斯理，不急不慌，一副老謀深算的樣子。

這是「帥男組」的爭論。另一邊的「靚女組」，大家也是唧唧喳喳的，各執己見。

「我們要選狐狸！」「挺狐派」說，「狐狸很美，再說『老狐狸』『狐狸精』，又是『老』，又是『精』的，那不是最美嗎？」

「我們反對！」擁護貂的一派說，「貂比狐更美！人家都說誰誰『特刁』，既『特』又『刁』，特等肯定超過一等嘛！」

…………

各派公說公有理、婆說婆有理，爭得不可開交，選美活動亂了套。

主持大會的猴博士透過鼻樑上架着的眼鏡，不斷左右掃視，手裏不停地晃動着鈴鐺，扯着喉嚨喊着：「肅靜！肅靜！」可沒人聽牠的，就連評委們也在交頭接耳。

「哈哈哈……」廣場前的樹頂上，突然爆發出一陣爽朗的笑聲，只見一位神采奕奕的老人從樹上溜下來，走到了主席台前。

正無計可施的猴博士，以為來了一位近親解圍，牠一下子跳過去，把老人拉到自己的座位旁，並且帶頭鼓起掌來：「歡迎老人家最後發言！」

原來，這是一位進山採蘑菇的老人，他遇上了這場爭論，於是攀上樹頂觀看起來。聽着聽着，他忍不住哈哈大笑，這才被這羣動物發現了。

「我的看法僅供參考。」老人清清嗓子，不慌不忙地說，「在我們人類看來，最美的是鹿和羚羊，因為『美』『麗』二字說的就是牠倆。」

這羣動物開始竊竊私語起來。

老人繼續發言，說出了一串有理有據的順口溜：「『美』字是羊大（甲骨文寫作 ），羚大角就大。最大是頭羊，美麗頭有寶。『麗』是鹿長茸（甲骨文字形為 ），長茸最美麗。羚角和鹿茸，緊急能救命。」

這下，誰還有甚麼話說？最後表決的結果是：靚女羚和鹿，分別當選冠軍和亞軍。

六、穴是甚麼

—— 寶蓋頭不蓋寶，底下要住小寶寶 ——

東漢時有個大官叫楊震，字伯起，是當時關西地區人，也是個大學問家，當時人稱「關西夫子楊伯起」，可見他的名聲有多大。其實，楊震不光學問大，品德也很高尚。

楊震做荊州刺史的時候，有人夜裏給他偷偷送禮 ——「贈金十斤」。十斤黃金可是很大的一筆錢，但是，楊震毫不猶豫地推辭了。那人說：「夜間別人不知。」

「天知，神知，我知，您知。甚麼叫不知？」楊震生氣了。

那人慚愧地拿着「贈金」溜走了。

春秋時，宋國有人得到一塊玉，去獻給司空子罕，子罕拒不接受。

「我讓玉匠看過，玉匠認為這是個寶貝，所以我才敢獻給您！」獻玉者說。

「我把不貪心當寶貝，您把玉當寶貝。如果您把玉給了我，我們倆都丟了寶貝。不如各自保存各自的寶貝吧！」子罕心平氣和地對他說。

那人只好把玉拿回去了。

宋國的一位老人聽說了這件事，感慨地說：「是呀！子罕並不是沒有寶貝，只是他的寶貝和別人的不一樣罷了。假如把一百兩黃金和一隻黃鸝鳥拿給一個

小孩兒，問他要哪一樣，小孩兒拿取的肯定是黃鸝鳥；您把和氏璧同一百兩黃金拿給鄉里人，問他要哪一樣，鄉里人拿取的肯定是黃金；您把和氏璧同精深的道德哲理拿給賢者，賢者肯定拿取的是哲理。」

「確實是這樣，一個人所懂的有多精，他所取的就有多精；所懂的有多粗，他所取的就有多粗。」

「子罕，他所珍視的，才是最精的東西呀！」

我們習慣把「宀」叫「寶蓋頭」，意思是前後都有屋檐的房子，甲骨文的「宀」字，寫作，正像這種房子的樣子。

「宀」下添個「八」，是「穴」字，小篆寫作。穴是人居住的洞窟，類似窯洞，窯洞是簡單的房子。其實，「穴」字下半部分不是「八」字，而是穴居的洞開的門窗。

世界上最寶貴的是生命，生命體中最寶貴的是人。人們稱小孩子為小寶寶，就是這個道理。寶蓋頭是房子，而房子是住人的，所以我們不妨來猜個謎語：

寶蓋頭不蓋寶，下邊要住小寶寶。

你猜，這個謎語的謎底是甚麼？

告訴你吧，是「字」。

每戶都有門

—— 門神的故事 ——

門神我知道，農村姥姥家大門上貼着呢，是兩員武將，可威風啦！那為甚麼城裏樓房的大門上不貼門神呢？對，是因為小區一般會有保安呀！哈哈，開個玩笑，我們還是來了解一下真正的門神的故事吧！

「門」和「戶」兩個字，一般情況下，意思相差不多。其實，從本義上說，門大戶小。「戶」的甲骨文字形是一頁門扇：𠁣。「門」的甲骨文字形是𨳇，樣子像左右合攏的兩頁門扇。

我們說人口的時候，常用到「戶口」一詞，如果說成「門口」，那意思就變了。

以前有些人家的院門是雙扇，有些是單扇。用單扇院門的人家，往往比較貧窮，這都是我們常說的

「小戶人家」。

過春節了，要貼春聯。裏邊的戶門不一定貼，可外邊的院門上是一定要貼的，所以有「門聯」這個詞，而沒有「戶聯」。

農村的院門門扇上，人們喜歡貼門神。一般的門神，是唐太宗的大將秦瓊和尉遲恭。

據說唐太宗有一次病了，晚上睡不安穩，常聽到戶外有拋磚扔瓦、鬼怪叫喊的聲音。他很害怕，認為是打天下的那陣子殺的人多，那些鬼魂找他報仇來了。

大將秦瓊、尉遲恭聽說了，就全副武裝，站在門外替他守門，當夜唐太宗果然聽不到那些聲音了。後來他讓人試着只把兩位將軍的畫像貼在門上，結果也能頂用。這辦法被民間學去，從此就有了畫成兩位將軍的模樣的門神畫。

心靈也有窗

—— 窗的故事 ——

住人的房子一般都有窗。如果有門沒窗，那人住在裏面該有多憋悶！

俗話說：「眼睛是心靈的窗戶。」一個人如果失去了眼睛，會怎樣呢？

古代故事書《幽明錄》上記載：晉代的兗州刺史宋處宗，曾經買到一隻長鳴雞。他對這隻雞非常喜愛，養得很仔細，經常把牠裝在籠子裏，放在窗台上，當作寵物觀賞。

這隻雞和宋處宗混熟了，竟然說起人話來，並且極有智慧和口才，常常說上一天也不累。

由於和這隻雞經常交談，宋處宗的口才也長進了不少。

後來的人因為這個故事，就給雞起了個外號，叫「窗禽」。

宋代翰林學士住的地方，叫作「玉堂」。一天夜裏，太宗皇帝前來視察。有位名叫蘇易簡的學士已經睡了，聞聽皇上駕到，趕忙爬起來，但是慌亂中點不亮燈，沒法兒穿衣服。宋太宗就叫宮女幫忙，從窗戶格子中伸手端着蠟燭幫忙照明。

這個故事叫「宮燭照窗」，是皇帝重視、優待學士的一段佳話。

「窗」，本來寫成「囪」，像窗的樣子。後來加上穴字頭，成了窗，強調它是透光透氣的孔洞。

「窗」的異體字為「窻」，底下的「心」字，使人覺得心靈也有窗！

裝鬼被嚇死

——「守家宅，定安寧」的故事——

　　裝鬼想嚇人，為甚麼反而被嚇死了呢？這是因為裝鬼的人心裏有鬼，所以很容易被嚇着。到底是不是這樣，一起來看看！

　　古時有個少年叫潘羽虞，家裏很窮，他每天晚上都要讀書，但常常因為沒燈油，只好黑燈瞎火地坐着默默回憶，直到深夜才睡。

　　有一年冬天，快半夜了，他聽到窗外有窸窣的響聲，就藉着淡淡的月光，偷偷從窗戶縫隙中往外瞄了瞄，只見一個人披頭散髮，拳曲的鬍鬚、黑黑的臉，既像鬼，又像戲裏的楚霸王。

　　潘羽虞屏住呼吸，悄悄觀察「鬼」的動靜。

這時，「鬼」從腰裏摸出一把鑿子樣的尖東西，插入窗格，撬出一個小方洞。

潘羽虞估計「鬼」要把手伸進來，然後好拔開拴住窗子的木條，於是，他就把自己的雙手先浸入水盆裏泡着 —— 潘羽虞每夜讀書都備一盆涼水，覺得腦袋發脹發熱時，就用水將頭浸一浸。

「鬼」手果然伸進來了，潘羽虞急忙雙手用力，快速抓住「鬼」手。

那「鬼」突然被抓，大吃一驚，奮力掙扎，但不管用。他起先還跳個不停，但後來逐漸停了下來，最後一動不動了。

又隔了一會兒，潘羽虞覺得自己抓住的那隻手變得冷冰冰的，不由得一鬆手，只聽「撲通」一聲，「鬼」跌倒在地。

潘羽虞吃了一驚，開門去看，一摸「鬼」的脈息，發現他死掉了！

天亮後，他和家人向縣裏報案。知縣來驗屍，

了解詳情後，笑着說：「這賊裝鬼嚇人，反而被人嚇死，這叫『自食其果』。你不是存心殺人，不過是『以其人之道，還治其人之身』罷了，不能算你的罪過。」

知縣說完，就派人把這個「鬼」埋了。

蠢賊裝鬼來偷盜，被潘羽虞伸出的假鬼手逮住，把「鬼」嚇死了。一個文弱書生，以鬼治鬼，竟然得以守家宅、定安寧，真是奇聞哪！

「鬼」，是象形字，甲骨文字形為。像長着巨頭的人形怪物。

「守家宅，定安寧」六個字，都與住所有關，所以都是「宀」字頭。

財富要有用

——「貯寶貝，賊寇來」——

人富足了往往會貯存財富。財富要貯存在安全的地方，否則，會招惹賊寇來偷盜搶劫。

古代的皇帝、大官，連墳墓裏也要貯存大量寶物，所以常常招來盜墓賊。

古代皇帝登基以後，有活着就為自己修墓的習慣。有一次，漢文帝來到正在施工的霸陵，望着北山，回頭對大臣們說：「唉！用北山的大石頭做棺槨，用切斷的苧麻絲夾着漆，堵塞在縫隙裏，難道還有人動得了嗎？」大臣們都說：「您說得很對！」

這時候，只有一位官員不同意，他說：「如果棺裏邊有珍寶，就是把墓外的南山縫隙都堵塞了，還是能打開縫隙；如果棺裏邊沒有珍寶，就是不用石槨包棺，又有甚麼可擔心的呢？」

《莊子》中有個「大小儒生盜墓」的故事。兩個書生去盜墓，大的書生在上面問墓底下的小的：「東方發白了，事情怎樣了？」

小的說：「屍體衣裙還沒有解下來，口中還有顆寶珠。」

大的連忙說：「詩裏有這樣的話，『青青的麥苗，長在山坡丘陵。活着不行善施捨，死後含珠為的啥？』你抓着他的鬢角，按住他的鬍鬚，用鐵錘敲打下巴，再慢慢撬開兩頰，一定不要傷着寶珠。」

常言說：「貯寶貝，賊寇來。」看來，這話真是不假！

「貝」是貝殼，甲骨文寫作 [illegible]。遠古時代貝殼曾經當錢用。

「寶」，由「宀」「玨」「缶」「貝」組成，金文字形為。表示室內有玉、缶（盛食物的器皿）、貝等寶物。

「貯」右邊的「宁」，甲骨文字形是裝東西的箱子：。把寶貝裝進箱子裏，叫作貯藏。

「賊」的金文字形，由「」「」「」組成。表示一個人手拿着戈，把「貝」搶走了。

「寇」由「宀」「元」「攴」組成，小篆字形為。「元」是頭的意思，「攴」是持武器的手，表示室內有人手拿武器，敲打到另一個人的頭上，顯然是要搶劫。

有病要早治

—— 疾病的故事 ——

有了疾病的苗頭，一定要及時治療，千萬不要像有些人那樣，隱瞞病情，不願治療。這就像有了缺點犯了錯誤，不承認、不改正一樣。小錯不糾，就會釀成大錯；小病不治，病入膏肓就難治了。

「病入膏肓」，既指病情危險沒法兒醫治，也比喻事情嚴重到無法挽救的地步。

這是春秋時期流傳下來的一個故事。

晉景公得了病，一天比一天嚴重，晉國的醫生已經束手無策。秦桓公聽說後，派了秦國一個叫緩的名醫，前去醫治。

醫生來的前一天，晉景公做了個夢，夢見兩個小孩子在說話。一個說：「那醫生是個名醫，傷着了我們怎麼辦？我們逃到哪兒去好呢？」另一個說：

「你躲到肓上邊，我藏到膏下面，他能把我們怎麼樣呢？」說完，兩個小孩子就不見了。

醫生來了，診斷後遺憾地說：「王的病無法醫治了呀！病在肓上邊、膏下邊，不能用艾灸，用針刺不到，服藥的話，藥力又達不到，治不了了。」

景公感慨地說：「您真是一位高明的醫生啊！」晉景公送了他一份厚禮作為感謝，然後派人送他回秦國去了。

「膏」字，由「高」「月」上下兩部分組成。「高」表明字音；「月」是甲骨文的「肉」字變形後的寫法，表示字義。「膏」代表油脂。因為高處往往光線強，所以「高」字也包含白的意思。油脂也偏白色。「膏」在這裏指的是心尖的脂肪。

「肓」字，小篆寫作肓，指心尖。刀尖叫鋩，一種尾有尖刺的蟲子叫虻，心尖叫肓，讀音雖不同，但都包含一個「亡」字。

發冷與發熱

—— 趣談冷熱的故事 ——

人感覺發冷和發熱的時候，其實是生病了，這時候會發生甚麼樣的故事呢？你能想像出來嗎？

「冷」，小篆寫作 [小篆]。[小篆] 是冰字旁。「熱」，小篆寫作 [小篆]。

我們生病的時候，最容易感到發冷或發熱，特別是着涼感冒期間。

徐大椿是清代乾隆時期的名醫，還是位文學家。有一年的夏天，有個人貪圖涼快，結果病倒了，剛開始頭疼、頭暈，後來發高燒、昏迷、說胡話，躺在牀上，手臂在空中胡亂揮動。

徐大椿瞧過病人後說道：「病人病情危重，如果不及時救治，再出一身大汗，就難醫治了。」說完，他很快配了藥，並囑咐病人家屬餵給病人。

臨走的時候，徐大椿說自己有事要出遠門，並叮囑病人家屬說：「如果服藥後，他說話清楚了，再來找我。」

三天以後，病人家屬又來請徐大椿。徐大椿到後，看病人已有些清醒，家人又煎好了上次的藥，準備給病人服用。徐大椿趕忙制止，說：「不必再服藥，每天只給他吃西瓜就可以了。」說完就告辭了。

病人痊癒以後，上門來感謝徐大椿，並告訴了他自己昏迷時的感覺。

「我生病那陣兒曾經看到一個黑色的人站在面前，然後向我撲來，要把我抓去吃掉，我感到渾身冰冷入骨。正在這時，有一個小孩兒搧着扇子驅趕那個黑色的人，還說『你就不怕霹靂震嗎』，那黑傢伙說『你就是來三個霹靂，能把我怎樣』，小孩兒說『再打你十西瓜，看你退不退』，那個黑色的人聽了，害怕起來，就不見了。」病人說。

徐大椿笑着說：「當時你家人問我藥方的名字，我說叫『霹靂散』；問我服幾劑，我說服三劑。我後一次囑咐『只吃西瓜』，想必您迷迷糊糊中聽成了『打西瓜』，就把病魔嚇走了！」

從水裏游到天上飛

—— 魚變鳥的故事 ——

魚在水裏游，鳥在天上飛，各有各的地盤。魚怎麼會變成鳥？這是一種合理的想像，還是瞎編的呢？來聽聽古人的說法吧！

《莊子》上說：北溟有一種魚，名叫鯤。鯤非常大，大到不知有幾千里長。牠能變成鳥，名叫鵬。鵬的背，也不知道有幾千里寬。鵬奮起而飛翔，張開的翅膀就像天邊的雲。風動潮湧的時候，牠就遷往南溟。起飛的時候，牠兩翅拍擊着水面，激起的水浪能濺到三千里外，捲起旋風直上九萬里之高的雲霄。

一棵樹的枝條上，蟬和小鳩鳥在聊天。天空突然一片陰暗。牠們抬頭一望，原來是大鵬正在飛過長空。兩個小傢伙一看就笑起來：這傢伙要往哪兒去

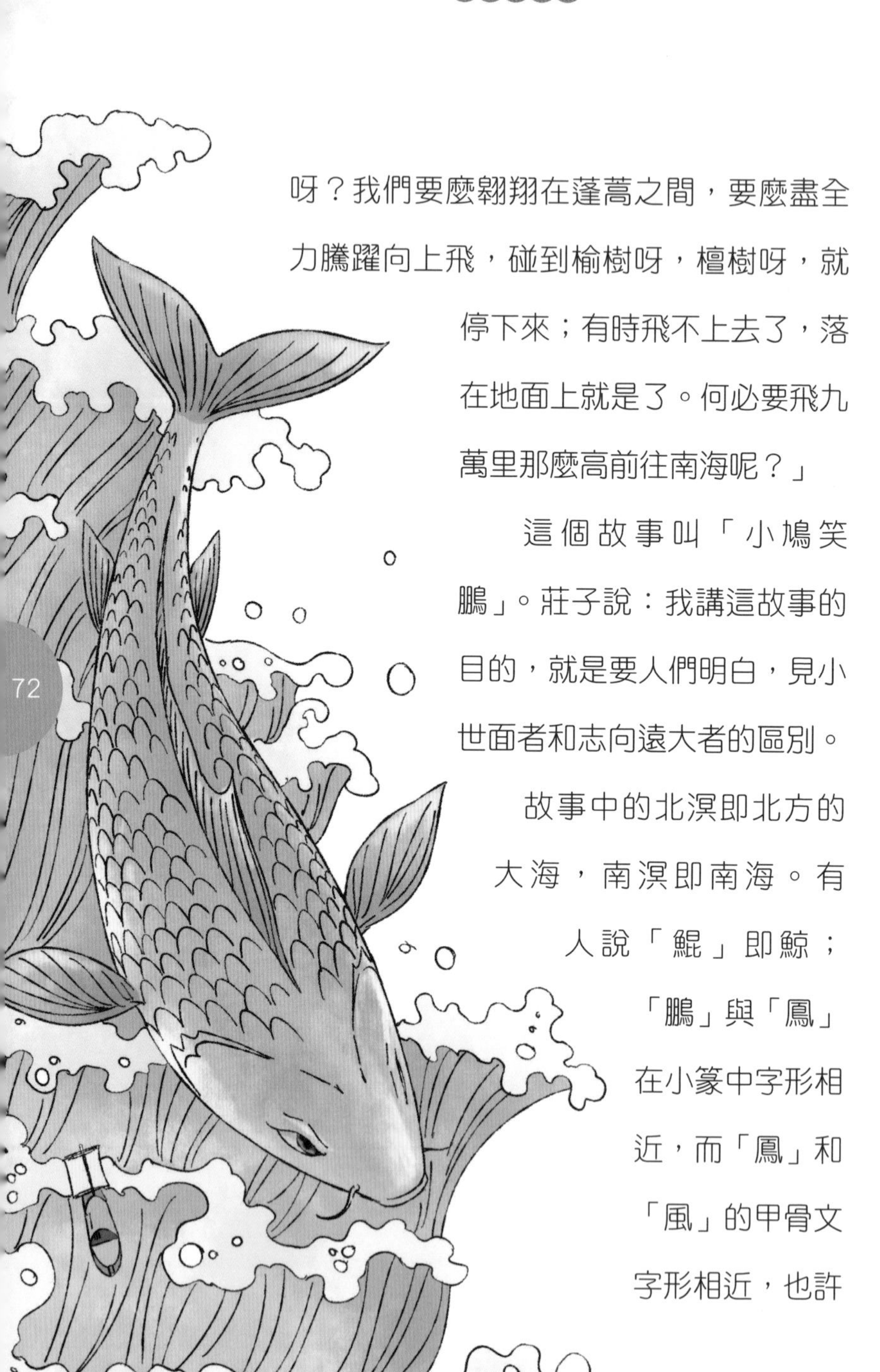

呀？我們要麼翱翔在蓬蒿之間，要麼盡全力騰躍向上飛，碰到榆樹呀，檀樹呀，就停下來；有時飛不上去了，落在地面上就是了。何必要飛九萬里那麼高前往南海呢？」

這個故事叫「小鳩笑鵬」。莊子說：我講這故事的目的，就是要人們明白，見小世面者和志向遠大者的區別。

故事中的北溟即北方的大海，南溟即南海。有人說「鯤」即鯨；「鵬」與「鳳」在小篆中字形相近，而「鳳」和「風」的甲骨文字形相近，也許

大鵬是莊子對大風的一種極其浪漫的想像。

　　我們知道鯨游泳時頭頂噴起水柱，有如颱風、龍捲風經過時捲起的風柱，也許，莊子就把這一現象想像為鯤變成了鵬。海邊都是受颱風影響的地區，難怪故事中的大鵬要在風動潮湧時，由北海遷徙飛向南海了！

　　鯤變成鵬，從海中魚變成空中鳥，想像力太豐富了。莊子真是位文學大師呀！

用羊來換牛

—— 羊和牛的故事 ——

用羊來換牛，是不是有點兒吃虧了呢？羊和牛在古代都有甚麼作用呢？聽完孟子這個故事你就明白了。

有一次，孟子與齊宣王交談。齊宣王討教說：「像我這樣的人，能夠使百姓的生活安定嗎？」孟子說：「能！」

「你憑甚麼知道我能呢？」齊宣王問。

孟子說：「我曾聽到您的大臣胡齕告訴我一件事。王坐在大殿之上，有人牽着牛走過殿下。王看到了，就問『牽牛到哪兒去』，那人答『準備宰了來釁鐘』。王便說『放了牠吧！看牠那哆嗦可憐的樣子，毫無罪過，卻被牽去屠宰，我實在不忍心』。那人問『那麼，便廢除釁鐘的儀式嗎』，王說『怎麼能廢除呢？用隻羊來代替牠吧』——果真有這麼一回事嗎？」

齊宣王道：「有的。」

孟子說：「大王憑這種仁心就可以統一天下了。百姓們聽說後都認為大王吝嗇，可我知道大王是不忍。」

齊宣王道：「對呀，確實有這樣議論的百姓。齊國雖然狹小，但我也不至於連頭牛都捨不得呀！」

孟子說：「百姓們說王吝嗇，王也不必奇怪。用小的羊替換大的牛，他們哪能體會得出王的深意呢？不過，如果說可憐牲畜毫無罪過卻被送去屠宰場，那麼宰牛和宰羊又有甚麼區別呢？」

齊宣王笑道：「這個還真連我自己也不懂是甚麼心理了。但我的確不是吝惜錢財才用羊替牛。您這麼一說，百姓說我吝嗇真是理所當然的了。」

孟子說：「沒關係。王這種不忍之心正是仁愛。道理就在於王親眼看見了那頭牛被殺前的可憐樣子，卻沒看見那隻羊的。君子對於飛禽走獸，看見牠們活着，便不忍看見牠們死去；聽到牠們悲號，便不忍再吃牠們的肉 —— 君子要遠離宰殺動物的廚房，就是這個道理。」

儒家講究以禮樂治國，而鐘鼓為樂器之首。人們鑄好了一口鐘，在使用之前一定要舉行隆重的「釁鐘」祭祀儀式，在儀式上要殺作為犧牲的動物並取血塗在鐘上。在古代的祭品中，牛被稱為「太牢」，羊被稱為「少牢」。「牢」本義是圈養牛羊的地方，這裏指牛羊。以少牢替換太牢，祭品等級雖降低了一些，但祭祀禮儀絕不能廢除。

「羊」和「牛」，都是象形字，甲骨文中分別寫作 、 。太牢、少牢的「牢」，金文寫作 ，就像畜欄裏關着羊、牛一類的牲畜。

馬變成了蠶

—— 蠶是怎麼來的 ——

馬變成蠶是一個民間傳說，真正的蠶是人們養來吐絲的。不過這個傳說也挺有趣的，不信就來看一看！當然，這個傳說也告誡我們一定要言而有信。

傳說古時候，有一個人出遠門，家中只剩下他的女兒和一匹公馬。這人離家已經很久了，女兒日夜思念，無法排遣。有一天，她對那馬開玩笑說：「馬啊，你若能把我父親接回來，我就嫁給你做妻子。」公馬一聽此言，便奮力掙脫繮繩狂奔而去……

父親一見是自家的馬跑來了，就驚喜地騎了上去。馬卻遙望歸途，悲鳴不已。父親想：難道我家裏發生了甚麼事嗎？他急忙乘馬而歸。到家後，父親忙問出了甚麼事，女兒說：「甚麼事都沒有，只是我想念您，馬通人性，就跑去把您接回來了。」

父親見這匹馬如此通曉情理，非常高興，就用最好的飼料餵牠。馬對飼料毫無興趣，可是每當看見女兒從院子裏出入時，總是又叫又跳。父親覺得奇怪，私下問女兒，女兒只好把那次的玩笑話說了。父親說：「快別講了，傳出去可要玷辱家門的，你暫時不要隨便出入。」他隨後就用弓箭射殺了馬，並把馬皮攤開，晾曬在院角的平地上。

一天，父親到外邊去辦事，女兒和鄰家姑娘在院子裏玩。鄰家姑娘看見攤開的馬皮，就拉着這家的女兒一同去看。女兒又羞又為難，就用腳去踢馬皮說：「你這畜牲，還想討我做妻子，現在被剝下皮來了，活該！真是活該！」

話音剛落，馬皮突然從地上立了起來，裹起女兒就朝院外飛去，頃刻間就消失在原野。鄰家姑娘大吃一驚，慌忙跑去告訴了姑娘的父親。父親急忙趕回

家，可哪兒還有馬皮和女兒的影子？直到幾天以後，他才在野外一棵樹的樹枝上發現了一條腦袋像馬頭的蟲子，原來女兒已經化成了蠶，嘴裏還吐着一根白白亮亮的細絲。

父親很難過，就把牠捉來交給鄰家母女餵養。於是鄰家就用那棵樹的葉子餵養蟲子，蟲子結的繭大大的，抽的絲又白又亮。因為這件事，人們就把這棵樹稱為桑樹，「桑」諧音「喪」；把那個吃桑葉吐絲的蟲子叫作「蠶」，「蠶」諧音「殘」，並供奉蠶神，稱蠶神為「馬頭娘娘」。

「馬」，是象形字，甲骨文寫成 [oracle bone form]。

「蠶」，小篆字形為 [seal script form]。有人說，小篆「蠶」字最上邊的部分有些像馬頭。這種說法，顯然是由這個故事聯想而來的。

頭腦簡單的老虎

—— 老虎的故事 ——

說起老虎，你一定首先會想到牠的威風。可在有些民間傳說中，老虎卻是個傻瓜，俗話說「傻虎虎」，還真沒說錯。

故事一：

老虎餓極了，好不容易抓到了狐狸。可狡猾的狐狸硬是憑着三寸不爛之舌，花言巧語一番，竟把老虎給騙了，還藉着老虎的威風來抬高自己。這就是大家所熟悉的「狐假虎威」的故事。

故事二：

老虎向舅舅老貓學藝，貓舅舅盡心地教這虎外甥，甚麼跳呀，撲呀，抓呀，吃呀，都教會了。這虎就想：若把舅舅給吃了，我就成了天下第一，該多好呀！牠打定了主意，就上前去撲貓。可貓一躥就上了樹，老虎眼睜睜地在樹下傻愣着，沒了招兒 —— 貓把多數本領都教給了老虎，就是沒教給牠上樹。

故事三：

老虎夜裏到一戶人家去偷驢，沒想到這家只有老兩口兒，很窮。天上起了細雨，虎隔門聽到老頭兒在炕上說道：「天不怕，地不怕，我就怕漏。」「我也怕漏呀。」老婆子也說道。

正巧，這時院裏樹上有隻猴子在偷果子，牠見老虎悄悄走過來，嚇了一跳，一下子掉落到老虎身上。

老虎突然覺得背上砸下個重東西，以為「漏」真的來了，嚇得拔腿就跑，狂奔進山。那猴子起初死死抓着虎背不敢放鬆，後來禁不住顛簸，被抖落下來，就又死死抓住虎尾，任老虎拉着，在山地上被拖着跑。

老虎直到再也跑不動了，這才停下來喘粗氣。

待牠回頭一看，才發現那「漏」是一隻半死的猴子，猴子的牙齒還露在外面。原來那隻猴子被山路磨破了下巴和嘴唇，所以露出了滿嘴牙齒。老虎看見了，氣得罵道：「快把我嚇死了，你還齜牙咧嘴嘲笑我！」

其實，那老頭兒怕的是雨下大了屋頂漏，而老太太怕的是鐵鍋破了水漏出來。

「虎」是象形字，甲骨文寫成[甲骨文字形]，金文寫成[金文字形]，是不是都很像老虎的樣子？

喜鳴和不聞

—— 青蛙的故事 ——

青蛙喜歡叫，可為甚麼有隻青蛙卻對別人的話充耳不聞呢？看來喜歡說話也要時機合適，這就是這個故事講述的道理了。

墨子的學生子禽曾經問老師：「多說話有好處嗎？」

墨子說：「青蛙白天黑夜叫個不停，口乾舌燥，沒人去聽；公雞黎明按時啼叫，鳴聲一起，天下震動 —— 多說話有甚麼好處呢？話要說得切合時機呀！」

《莊子》中有「井底之蛙」的故事，說的是井底之蛙向東海來的鱉自吹自擂，諷刺了那些沒見過世面的人的妄自尊大。

以上這些故事中的青蛙受到批評，全因為牠們太愛叫喚。而太愛叫喚，人聽久了，耳朵就麻痺了，心裏就厭倦了。

有一羣小青蛙，因為天氣太熱，就從水塘裏跳出來想透透氣。

忽然，牠們瞥見一座高聳入雲的塔，不禁都愣住

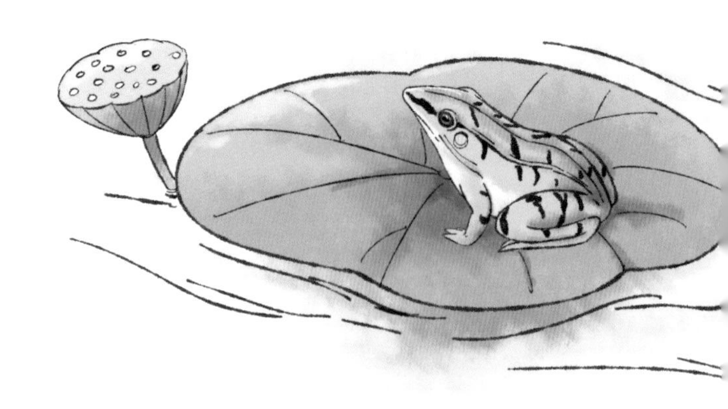

了：啊，這麼高，誰能爬上去呀！

「來，我們來比賽，看誰能爬上塔頂，看誰爬得快！」有個小傢伙提議說。

「比就比，誰先上去誰是英雄！」眾青蛙異口同聲。

說時遲，那時快，話音一落，攀爬比賽就開始了，因為大家都想當英雄。

爬呀，爬呀，看看塔頂，非常遙遠；爬呀，爬呀，看看塔頂，還是很遙遠 —— 大家都累極了。

終於有一位發話了：「嘿，這是誰的餿主意？這麼高的塔，怎麼能爬到塔頂呢？」

眾青蛙一聽此話，一個個都停了下來。

只有一隻青蛙，旁若無人，一味繼續往上爬，誰喊牠都不應。

誰也想不到，最後牠竟然爬到了塔頂！

那隻小青蛙從塔頂上下來後，大家都佩服得不得了，紛紛上前詢問牠成功的經驗。這時，大家才發現牠是個聾子！

原來世上有些奇跡，並不是那些最機靈、最聰明的人能夠創造的。

「蛙」的異體字是「鼃」，「黽」表示意義，指一種蛙；「圭」表示字音，也記錄了這種動物的叫聲。

分裂和團結

—— 智慧蛇和愚蠢蛇的故事 ——

搞分裂者往往害人害己，自取滅亡；善於團結者常常自助天助，相得益彰。

有條蛇的尾對頭說：「我應該在前。」頭對尾說：「我一直在前，怎麼能突然改變呢？」頭說完後就果斷地奔向前，可那尾巴卻纏着樹，使頭不得前進。於是頭不得不把尾放在前，讓尾前進。尾往前亂闖，結果墮入火坑，整條蛇被燒死了。

這個愚蠢蛇的故事，叫「頭尾爭前」。

因為天旱，池塘眼看就要乾涸了，裏面的蛇只好搬家。有條小蛇對大蛇說：「大哥呀，按理說您應在前邊走，而我應在後邊跟。可這樣一來，人們必然認為我們是一般過路的蛇罷了，一定會首先殺死您。我們不如互相銜着，你背着我走，人們就會把我當成神君，這樣我們倆就都安全了。」於是兩蛇相銜且大

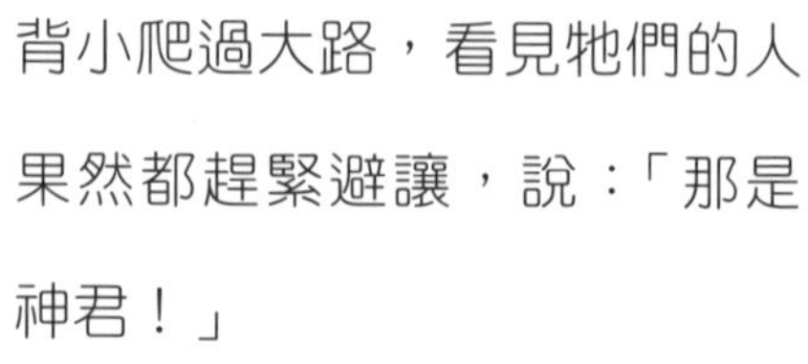

背小爬過大路，看見牠們的人果然都趕緊避讓，說：「那是神君！」

這個智慧蛇的故事，叫「涸澤之蛇」。

「蛇」「它」，屬於同源字。「它」是象形字，甲骨文寫作 ，就是蟲、蛇的樣子。

其實，這兩個字本來的意思完全一樣。上古時人們居住在深草環境中，所以怕蛇，見面互相問候：「無它？」意思是：「沒蛇嗎？」但後來「它」字被借用來表示「其它（他）」的「它」，一借不還，這樣就不再表示蛇的意思了。

大小都是狗

—— 狗的有趣故事 ——

在家畜中，最受寵的要數狗和貓了，但貓總有點兒怕狗。也許是因為貓在家中可以上躥下跳，還可以臥在主人牀上打呼嚕，狗能不嫉妒嗎！

傳說，動物為了商議要事，準備開一個會，大部分代表都到齊了，單單缺了象。於是伙伴們決定派狗去迎接大象。

「怎麼找到象呢？我可不認識牠呀！」狗為難了。

「這個容易。」大家說，「象很好辨認，牠是駝背。」

狗走呀走呀，遇見一隻貓。貓見狗打量牠，立刻弓起脊樑來，狗以為牠就是駝背的象，就邀請牠一起來到會場，並大聲介紹說：「請鼓掌歡迎，大象來了！」大家一看，不由得哄堂大笑。從此以後，狗便恨透了裝模作樣的貓。

狗的主要工作是看家護院。不論晝夜，狗都十分忠誠敬業。

古時候有個名叫楊布的人，有一天穿着白衣出了門。天下起雨來，他怕泥巴濺到身上，於是就脫下白衣換上黑衣回家了。家裏的狗覺得很奇怪，就衝着他叫起來。楊布氣得要打狗，哥哥楊朱馬上指出是他換了衣服的緣故，不能怪狗。

這個故事叫「楊布打狗」，它啟發人們：生活中難免有誤會，遇到事情要先想想自己有沒有錯誤，不要馬上怪罪別人！

宋國有個開酒館的，他很用心地經營，斟酒甚滿，待客甚勤，釀酒甚美，懸旗甚高，但是酒就是賣不出去，都酸了。這人實在不明白原因，就請教鄰居

長者楊倩。楊倩問：「你家的狗兇不兇？」那人奇怪地問：「狗與賣酒有甚麼關係？」「當然有關係啦！」楊倩說，「人家害怕呀 —— 有人讓小孩兒拿錢來買酒，你的狗迎上去直叫，孩子都被嚇哭跌倒受傷了，還買甚麼酒呀！」

這個故事叫「狗惡酒酸」，它既啟發人看問題要拓寬思路，又提醒人們，如果有壞人當道，好事也會變壞。

說起最猛的狗，那就是獒了。「獒」是大犬。

總之，狗與人類的關係很密切。這從「犬兔俱亡」「獵犬馳書」和「犬馬之勞」等詞語中都可以看出來。

「公配木」與「鬼靠木」

—— 松樹和槐樹的故事 ——

唐代的賈嘉隱七歲時，被皇帝當作神童召見。

當時，大臣長孫無忌和李勣正站在朝堂外邊交談。看到嘉隱走出來，李勣就笑着問：「我背靠的是甚麼樹？」嘉隱答：「松樹。」

李勣故意打趣道：「這是槐樹，為何你說是松樹？」

嘉隱說：「以公（尊稱李勣）配木，難道不是松？」

長孫無忌也湊熱鬧道：「那麼我背靠的又是甚麼樹呢？」

「槐樹。」嘉隱掃了一眼說。

長孫無忌怕他說出不雅的話來，就引導說：「這回，你不換一種拆字法嗎？」

「用不着換。剛才『公配木』為松；現在『鬼靠木』，不是槐嗎？」嘉隱流利地回答。

李勣說：「這孩子長着一副獠的面孔，怎麼還這樣聰明？」嘉隱接過話頭答道：「胡面尚且當宰相，獠面如何不聰明？」

嘉隱家在南方，「獠」是當時對南方少數民族的蔑稱；而李勣的長相，酷似西北的胡人，所以嘉隱針鋒相對。

松樹迎風凌霜於高山之巔，既壯且美，是樹中的驕傲、文學的寵兒。明代《種樹書》認為松為百木之長，因此與「公」相伴。公，是古代地位最高的大臣哪！

俗話說「千年松柏萬年槐」，可見槐樹同樣很受人們的尊敬和喜愛。槐並非甚麼「鬼靠木」，而是一種生命力極強、挺拔魁梧的高大樹種。因為魁梧，所以和「魁」字一樣包含一個「鬼」字。當然，「鬼」也表示和「槐」相接近的讀音。

傳說，秦始皇登泰山時，曾到五株松樹下避雨，為表示感謝，就賜封它們為「五大夫」。

槐樹也非常「榮耀」。相傳周武王問姜太公：「天下那麼多的神，動不動就往我那裏跑，怎麼辦？」太公說：「在您的門口種上槐樹吧，讓槐樹替您把關，有益的放行，無益的拒之門外！」

槐樹因為樹齡長，活得久，「槐」字又是鬼字旁，姜太公就想到它可以把守門庭，真是太有趣啦！

賦芧和吹竽

—— 芧和竽的故事 ——

「吹竽」的故事，大家應該都聽過。那麼你知道「賦芧」是甚麼意思嗎？其實這兩個詞都和古代的寓言故事有關。

《莊子》中有這樣一個故事。一個養猴子的人，把猴子召集到一塊兒訓話說：「都記住了，你們每天的食物是芧。早上給你們三升，晚上給你們四升。」猴子聽了，都哇哇亂叫着不同意。養猴人趕忙改口說：「那麼早上給你們四升，晚上給你們三升，總行了吧？」猴子以為食物增多了，都高興得跳起來。

這個故事叫「狙公賦芧，朝三暮四」。意思是只變名目、不變實質是欺騙人的，後比喻變化多端或反覆無常。

狙公，養猴的男人。賦，給予。芧，是橡樹的果實，吃了可以增強記憶力。這樣的好果實，可作為禮物贈予他人，所以「芧」字的聲符兼意符為「予」。

是小篆的「予」字，字形像用手把東西交到別人的手裏。

《韓非子》中說：齊宣王好聽吹竽，且喜歡聽三百人齊奏。有個南郭隱士雖然不會吹竽，也自我推薦參加齊奏，齊宣王給他付的報酬和其他的人相同。齊宣王去世後，其子湣王即位。齊湣王也好聽吹竽，可他愛聽獨奏。於是，南郭先生逃走了。

這個故事叫作「濫竽充數」，諷刺那些不學無術、專靠招搖撞騙過日子的人，他們的騙術是經不起時間考驗的。

濫，指與真實情況不符。竽，竹子做的一種樂器。甲骨文的「竽」字是一個竽形中包圍着「于」字：。吹竽的聲音聽上去「吁吁」的，所以「竽」字裏有一個「于」。

以上「賦芧」和「吹竽」的故事，都涉及哄騙。猴子尚且不應被欺騙，更何況人呢！

矮個兒和高個兒

—— 棘與棗的故事 ——

「北園有一樹，布葉垂重陰。外雖多棘刺，內實有赤心。」

這是十六國時期前秦趙整的一首詩。雖然詩中沒有指明，但仍然可以看出來，這首詩寫的是棗樹。

棗又稱大棗，既然有大棗，當然就有小棗。俗稱酸棗的棘就比大棗小很多。

「棗」「棘」二字，都由兩個「朿」字合成，字形既科學又有趣。

有人打趣說：「棗和棘這哥兒倆，一個是高個子，一個是矮個子。」

《說文解字》中有解釋：朿是一個象形字，表示的是有刺的樹。

金文中把「束」字上下重疊成⿱朿朿，表示它是一種長有很多刺的喬木——「棗」樹。

把「束」字左右並列成⿰朿朿時，表示這是一種有刺的枝條叢生的灌木——「棘」樹。

大棗初夏開花，夏季結果，到了秋季果實變成紅色；新鮮時可做水果，脫水後是乾果，是最常用的滋補類食品，又可入藥。

酸棗，雖然很少有人把它當水果吃，但酸棗仁卻是藥中佳品，既補血又安神；酸棗肉也不賴，可以提神醒腦。

古時候，有個人正貪婪地吃着棗，有位醫生看到了，就告訴他：「大棗益脾養胃，但糖分太多，吃多了對牙齒不好。」那人聽了，以後吃棗時，就一個個囫圇吞下去。這就是「囫圇吞棗」的故事，用以比喻在學習上不加思考、分析，籠統地接受。這是不可取的。

東晉大將軍王敦，被招為舞陽公主的駙馬，成親

以後住在公主家。初次上廁所，他看到有一個新木箱敞開着，裏面盛滿了棗，就抓上幾個，慢慢吃了。婢女們看到了，都笑得直不起腰來——原來那是供上廁所的人塞鼻子用的！

「囫圇吞棗」和「誤食廁棗」的故事，都善意地嘲謔了那些做傻事的人，是與棗有關的兩個有趣的典故。

夸父能追日

—— 日有東、杲、杳、暮 ——

太陽每天從東方升起，傍晚在西邊落下，你知道這是為甚麼嗎？

相傳遠古時有一位夸父，對這個問題好奇，要探一探究竟，於是開始了一場追趕太陽的偉大壯舉。

早晨，當太陽從東方升出暘谷的那一刻起，夸父就向太陽宣戰，與太陽展開了一場超級長跑比賽。一路上，他亟亟如風，從杲杲的日出時分直跑到杳杳的薄暮時分……夸父上氣不接下氣，總算把太陽給追上啦！

但是，太陽可不是好惹的。夸父眼看就要鑽進太陽裏去了，卻被烤得蹦了出來，只覺酷熱難耐，渴得要死。但在那極遠的西方荒僻之處，除了沙漠，就只有荒丘，哪裏有一點兒水呢！

可憐那渴極了的夸父顧不上休息片刻，掉頭又向黃河跑去。

他終於跑到了黃河岸邊，也不管水清還是水濁，俯下身去，把河水頃刻間吸了個精光。但是他還不解渴，於是立刻又跑到了渭河邊。渭河的水向來是混濁的，但夸父已經管不了這些，又吸乾了渭河裏的水。天色已接近黃昏，誰知道他還是渴呀！

可憐的夸父四顧茫然，絕望中忽然記起有人說過，在北方羣鳥落羽換毛的地方，有一處極大的湖泊。於是夸父又開始了一場向北的衝刺。不幸的是，疲勞至極的他，沒能夠到達就跌倒在半路。臨死時夸父狠命地一插，把手杖插入了眼前的泥土中。

泥淖中的手杖，歷經風吹雨淋日曬之後，竟然長成了一株高大的桃樹。桃樹結了桃，落了核，就這樣繁衍成了一片茂盛的桃林，供後來經過這裏的人們乘涼解渴。

這個神話叫「夸父追日」。

故事中與太陽有關的字，有暘、早、暮、東、杲、杳、昏等。

故事中的地名「暘谷」，是傳說中太陽升起的地方。「暘」是日出的意思。

「日」的甲骨文字形是⊙，像太陽。日剛出叫「旦」，甲骨文作 。早晨叫「朝」，甲骨文字形是 ，很有趣，像日頭剛出，月牙兒未落。

「早」由「日」「十」兩部分組成，表示日出於「十」上，字形來源於「早」的小篆字形 。下面的部分是「甲」。

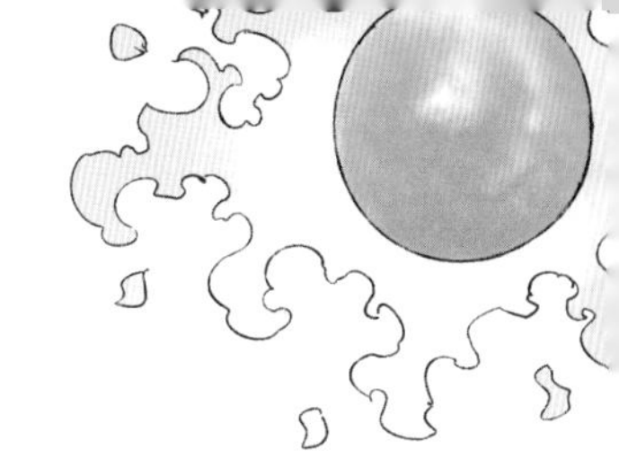

「暮」本來寫成「莫」，甲骨文寫作。表示太陽落入草叢，就是傍晚。

「東」的小篆字形是，字形是「木」字中間一個「日」，表示太陽從樹叢中升起來了。

「杲」，小篆字形是，表示太陽在樹木的頂端，是天空明亮的時候，所以「杲」的意思是日光明亮。

「杳」，小篆字形是，表示太陽落在樹木下邊，是黃昏時分，所以「杳」的意思是日光昏暗。

「昏」的甲骨文字形是，表示日落到了人手臂的高度。

蟾、兔伴嫦娥

—— 月有弦、望、晦、朔 ——

蟾是蟾蜍，兔是兔子。月亮裏有嫦娥，也有兔子和蟾蜍。這些都是有關月亮的故事中常見的主角。你聽過牠們的故事嗎？

太陽東升西落，晝夜不斷交替，月亮從無到有、從圓到缺，這些自然現象產生了很多動人的故事。

太陽是偉大的，「萬物生長靠太陽」，但是它太嚴厲了，耀眼的光輝叫你不敢正眼去瞧。

月亮是溫柔的，就像母親和祖母。當你仰望它時，它能給你感動、鼓勵，令人浮想聯翩。

在民間傳說裏，月亮上有兔子，還有蟾蜍。

中國神話中，天上出現了十個太陽，植物都被曬死了，動物也難以活命。英雄羿用弓箭射掉了九個太

陽，這才挽救了世界。後來羿來到崑崙山上，向西王母求來了「不死藥」。可沒想到，他妻子嫦娥偷吃了這藥，飛了起來，一直飛到月亮裏，變成了蟾蜍。

也有人說：不是嫦娥變成了蟾蜍，而是蟾蜍吃了剩餘的藥，也隨嫦娥飛到了月亮上，跟嫦娥做伴。

月亮裏有桂樹。蟾蜍和白兔將桂花搗成藥，讓嫦娥塗在月亮的傷口上，使它癒合，所以月亮雖然圓了又缺，可是缺了又總會圓。

人們把月亮圓缺變化的各個階段叫作弦、望、晦、朔。

月亮大多數時候都不是圓的，所以從甲骨文開始，「月」的字形就不呈圓形，這樣也便於和「日」字區分。

你觀察過嗎？在北半球，上弦月是右半圓形，下弦月是左半圓形。上弦月在農曆每月初七、初八夜間出現，下弦月在農曆二十二、二十三夜間出現。因為這時月亮像一張拉滿了弦的弓，所以習慣上叫弦月。是「弦」字的篆體字形。

望，戰國時寫成，即由「臣」「月」「人」「土」四部分組成，後來才把「臣」改成了「亡」，用「亡」表示整個字的讀音。「望」的金文字形為，可以看到「臣」是眼睛豎起來的樣子。表示一個人站在地上，仰起頭，眼睛望月亮。人喜歡在月亮最圓的時候抬頭望月，所以「望」表示出現滿月的農曆十五的夜晚。

晦，表示農曆每月的最後一天，這天看不到月亮，夜色晦暗，所以叫「晦」。

朔，小篆字形是，指每月的第一天，表示月亮開始「死而復甦」。「死而復甦」其實是月亮復轉回來，所以「朔」字由「月」「屰」兩部分組成。「屰」的篆文字形是，表示反覆倒轉。

洪水滔天，義媧避難

——「水」的三種表示法 ——

「氵」「水」「氺」是三個跟水有關的偏旁，它們有甚麼不同呢？和水有關的故事非常有趣，一起來看看吧！

在天上，和我們關係最密切的是太陽；在地上，和我們關係最密切的就要數水了。

水太少了，要乾旱；水太多了，又會發生洪災和澇災。

相傳，古時候的一天，天陰沉沉的，老獵人知道大雷雨要來了，就趕忙爬到草屋頂上，鋪上樹皮和苔蘚，好讓雨水順着流下來。不一會兒，雨就來了，雷聲很大，雨下得更大，獵人一家就躲在屋裏。只聽屋頂上被重重地砸了一下，一聲悶響過後，就有個大傢伙滑到了院子裏。老獵人趕忙跑出去一看，院子裏躺着一個大鳥形狀的怪物，原來是雷公。

獵人把雷公捉進來，關進了鐵籠子裏。他叮囑一雙兒女看着它，不給它水喝，自己有事出去了。兒子伏羲和女兒女媧看雷公渴得難受，實在不忍心，就給了它一點兒水喝。不料雷公「嘣」地掙破鐵籠出來了，臨走時拔下一顆牙齒送給他倆，表示感謝。

獵人回來後，看到雷公不見了，知道大事不妙，就開始日夜不停地打造一艘船。伏羲兄妹倆則把雷公的牙齒種到了院子裏。

船造好了，但是船太小。而那顆牙齒呢，就像種子一樣，很快破土出芽、長蔓，結了個大葫蘆。葫蘆太大了，兄妹倆掏空了裏面的籽瓤，鑽進去當房子玩。

大雨很快又來了，下了九天九夜，直下得天昏地暗，洪水滔天。獵人乘上船，兄妹倆鑽進葫蘆，開始逃難。

雨突然停了，洪水迅速退散。船從高處跌落，撞在巖石上，獵人從船上摔了下來。

兄妹倆爬出了葫蘆，發現父親不見了，原來他在水災中被淹死了。

後來，女媧生下一個肉球。她覺得奇怪，就把肉球切成小塊，撒到了野外。這些肉塊都變成了人——落到樹葉上的就姓葉，落到李樹上的就姓李，落到石頭上的就姓石……落到甚麼上面就姓甚麼。所以洪水過後出現的人都有姓。

當然，這只是一個傳說，姓氏的產生和發展，與洪水並沒有多大關係。但不可否認，水與人類息息相關，人們的生活離不開水。

由於人離不開水，所以拿水做偏旁的字很多，而且水字旁多種多樣。

氵：三點水，三筆，常放在一個字的左邊。

水：泉水底，沓字頭，四筆，放在字的上邊或下邊。

氺：泰字底，益字頭，五筆，放在字的上邊或下邊。

甲骨文的「水」字寫法最多。發展到小篆，就被規範成了 𣱱。這就是「水」的演變歷史。

寒冬冷，凍冰凝

——「兩點水」趣事——

「兩點水」和「三點水」都是跟水有關的偏旁，它們有甚麼不同呢？和水有關的故事充滿了智慧，你會為故事中的婁子伯點讚嗎？

東漢末年的一個冬天，曹操與韓遂、馬超在潼關的渭河邊作戰。

開始時，韓遂、馬超軍大勝，佔領了渭河邊的重要位置。

曹操立不起營寨，心中便憂愁害怕。有人建議說：「取河邊的沙土築起一座土城，可以堅守。」曹操就分出來三萬士兵擔土築城。馬超派兩個將領，每人帶着五百兵馬，不斷地騷擾破壞；再加上沙土鬆散，牆這邊築起那邊倒下，曹操也無計可施。

當時，天氣變冷，彤雲密佈，連日不開。曹操正在營寨中發愁，忽然，守營帳門的士兵報告說：「有人來求見丞相，要向您提建議。」曹操馬上請他進來，以禮相待。

那人說他姓婁，名子伯。他說：「丞相打算安營已經好久了，現在為甚麼不趁着機會修築呢？」曹操說：「沙土地面，修築不成，你有甚麼好辦法嗎？」子伯說：「丞相用兵如神，難道不懂利用天氣嗎？這幾日天寒冬冷，陰雲很厚，寒風一颳起來，必然凍凝結冰。所以只要等風颳起來時，讓兵士們連夜運土修築，再潑水澆灌，到了天明，土城肯定能修成。」

當天夜間，北風很大。曹操指揮所有的兵士，有的擔土修築，有的潑水澆灌，土城隨築隨凍，等到天明，沙和水被凍得結結實實的，土城總算築成了。

偵察兵把消息報告給馬超。馬超帶兵前來觀看，大吃一驚，懷疑有神仙幫助曹操。

這個故事叫「曹兵凍城」。故事中的「天寒冬冷」「凍凝結冰」，有六個字帶着「兩點水」。

其實，兩點水不是水，而是冰，因為「冰」字的甲骨文字形是，像水剛結冰時的紋路；再往後就演變成了「冫」這個偏旁，有這個偏旁的字一般都與冰有關。

「冰」字，金文字形是，冫字旁加水字旁，說明冰是由水變成的。

「寒」字，小篆字形是，由「宀」「人」「茻」

「仌」四部分組成。意思是人在房屋下，身上蓋着很多草，地面上有冰。

「冬」字，小篆字形為[小篆冬]，由「夂」「仌」兩部分組成。夂 在甲骨文中為[甲骨文終]，是「終」的古字，字形表示一根繩子有兩個終端。冬是一年的終端，又寒冷有冰，所以「冬」字由這兩部分組成。

其他如「冷」「凍」「凝」三個字，都是偏旁表示意思，右邊表示與這個字接近的讀音。

烈焰焚，火災滅

—— 赤壁火攻與煉石補天的故事 ——

人和動物的區別有很多，除了人能直立行走外，還包括人發明了各種工具，並且會使用火。

火在生活中用處可大啦，它能讓人吃上熟的食物，還能用來取暖。

自古以來，打仗也常常利用火，直到今天，人們還把戰爭叫「戰火」。

三國時，曹操帶領人馬，進攻到了長江以南。南方的孫權和劉備聯合起來，調集軍隊準備抵抗。曹操的戰船密密麻麻，聚集於長江赤壁。孫權手下的主帥周瑜，祕密偵察了曹軍的水寨，剛剛回營休息，劉備的軍師諸葛亮就來了。

「我昨天觀察了曹操的水寨，特別整齊有章法，不是很容易就能攻破的。我想出了一條計策，不知道是否可行，請先生替我決斷一下。」周瑜說。

「周都督先不要說出來，我也想出了一條計策。我們各自寫到手心裏，看看一樣不一樣。」諸葛亮笑着說。

周瑜大喜，叫人取來筆墨，自己先暗暗寫了，再把筆遞給諸葛亮。諸葛亮也暗中寫好。

兩個人靠近了，各自攤開手掌，互相觀看，然後不由得一齊大笑起來。原來周瑜掌中是一個「火」字，諸葛亮掌中也是一個「火」字。

後來，孫劉聯軍使用火攻，直燒得曹操的北軍戰船烈焰沖天，盡數焚毀；軍士被火燒死、被水淹死的也不計其數，曹軍大敗。

這就是著名的「火燒赤壁」。

除了人放火，自然界還有天火。「女媧補天」的神話說，遠古時代，天裂開了缺口，地沉陷出巨洞，火焰燃着了森林，洪水奔流不止。森林裏的野獸跑出來吃人，猛禽追趕着老人和小孩兒。女媧燒煉五色石塊補好了天，並消除了水災、火災，野獸猛禽又回到了森林，人重新過上了安定的生活。

「災」字，簡體字寫作「灾」。前一個字形，是表示水災的「巛」加上火災的「火」。後一個字形表示「宀」形的室中有「火」上竄，甲骨文字形為，就是火災。

「烈」等一類字帶的「灬」，在普通話也讀作「火」，同「火」字。讀「標」的音時又可表示烈火。

「滅」字，簡體字是「灭」，「火」上加一橫，表示把火熄滅了。

還有一個「燒」字，「火」表示字義，「堯」表示字義和相近的字音。

冬天竟然有東風

——「借風」的故事 ——

聽說過借東西，怎麼還能「借風」呢？其實這是關於三國時期著名人物諸葛亮的故事，聽了這個故事，你一定會發現，原來學習各種知識如此重要！

少年時代的諸葛亮，曾經做過牧童。

有一天，他正在放牛。有一位賣斗笠的老大爺路過，看到他半躺在樹蔭裏，揮着鞭哼小曲，就說：「快把牛趕回去吧，天要下雨啦！」

諸葛亮看了老人一眼，笑了笑，沒有動，說道：「大爺是怕斗笠賣不出去，才哄人家說要下雨吧？」

「你不信，過一陣就知道了！」老人邊說邊匆匆走開了。

不到半個時辰，忽然颳起風來，風越颳越大，天空烏雲翻滾，傾盆大雨果然來了。

經過這件事，諸葛亮才知道，大自然裏有很多祕密，要了解這些祕密，掌握其中的規律，就得向高人學習。

小諸葛亮從此拜求名師，刻苦學習，終於成了既懂天文地理，又通政治軍事的能人。

赤壁大戰之前，周瑜突然想起一件大事，一時痰迷心竅，吐血昏倒。諸葛亮前去探病，對醒過來的周瑜說：「我有一張方劑，能叫周都督的氣順過來。」周瑜說：「望先生賜教。」

諸葛亮要來紙筆，叫左右的人員都退出去，悄悄寫了十六個字：「欲破曹公，宜用火攻；萬事俱備，只欠東風。」

周瑜大驚，「呼」地坐了起來，因為諸葛亮完全看穿了他的心事。

「可現在是冬天，哪兒有東南風呢？」周瑜緊接着又歎起氣來。

「我可以在山頭築台祭天，讓老天給我們颳些東南風！」諸葛亮一臉嚴肅地說。

「這可能嗎？」周瑜疑惑地望着對方。

「軍中無戲言，我可立軍令狀！」

軍令狀立好了，狀上寫明：自十一月二十日起風，到二十二日息風。

到了二十日將近三更時分，人們忽聽風聲響，旗幡轉動。周瑜出帳看時，只見旗角竟飄向西北，霎時間東南風大起，諸葛亮「祭天求風」成功了！

其實，那時正當冬至前後，本來就會短暫地颳起東南風。諸葛亮熟識天文曆法，所以用祭天的說法騙過了周瑜。

甲骨文中「鳳」和「風」字通用。「虫」和「鳥」在字裏出現，是暗示蟲、鳥（小篆中寫作、）來去遷徙、蟄伏，都與春風、秋風等有關。這是隱藏在「風」字中的故事。

霹靂震，雷車滾，雷公電母在發威

—— 雷電的故事 ——

如果看過《西遊記》的話，你一定知道雷公、電母這兩位神仙。關於他們的故事，你是不是很想聽一聽？

東晉時的一天，有個姓周的人，騎着馬出了都城建康，帶着兩個僕人趕路。

太陽快落山了，他們卻還沒找到住宿的地方，正在着急。路邊一間新蓋的草屋裏，一個姑娘走了出來。

姑娘十六七歲，長得很秀氣，衣服也鮮豔整潔。她看到這幾個人，就說：「天色已晚，前面的村子還遠着呢，要去臨賀郡也不是一天能到達呀！」

周某心中納悶兒，因為他並沒打算去臨賀郡，不過他還是請求借宿一晚，女孩子答應了，並且給他們燒火做飯。

大約一更天的時候，他們聽到門外有小孩兒喊「阿香」，女孩子答應了一聲。又聽小孩兒說：「官家叫你推雷車。」於是阿香走進來，向客人告辭，說：「對不起，我有要事急需出去一趟！」

阿香走後，不到一個時辰，忽然下起夜雨，霹靂震動，電閃雷鳴，分外驚人。

天亮了，雨終於停了下來，名叫阿香的女孩子也回來了。

周某一行三人告別主人，上馬繼續前行。剛走了幾步，他們偶然一回頭，卻看到昨晚借宿的地方根本沒有甚麼草屋，只有一座新墳，地上還有昨晚他們的坐騎留下的小便和吃剩的草。周某大吃一驚。

過了五年，周某果然當了臨賀郡的太守。

這個有趣的故事，叫「阿香推雷車」。

古人不懂得雷電是怎麼回事，認為那是雷公、電母在天上發功。雷公擊雷鼓，電母敲電鈸，他們就好像現在樂隊中的兩個敲擊樂手。從「阿香推雷車」的故事來看，雷聲就是雷鼓聲，隆隆聲是雷車跑動的聲音，用雷車來推雲播雨。美麗又善良的阿香，就是一名「推雲童子」。

「雲」字下邊的「云」，甲骨文寫作 ᘓ，由下面的雲形和上面的「上」字組成，表示天上的雲彩。

「雷」的異體字寫成「靁」，表示雷聲連續滾

動，甲骨文寫作 ，像閃電中有滾雷。

「電」和「申」兩個字是同一個來源，像電光的屈伸，甲骨文作 。

從「雲」「雷」「電」的演變來看，這三個字最早都沒有雨字頭。

「霹靂」是對雷聲的模仿。霹、靂、震這三個字，下半部分均表示各個字的相近發音。

鯀、禹神力除水患

——「息壤」與石妻生子 ——

上古帝堯時代，洪水滔天。人民無處安身，為了避難，有的躲進山洞，有的攀上大樹。

帝堯派鯀領導人民平息洪水。鯀治理了好久，水還是不退，鯀也實在想不出好辦法了。貓頭鷹和烏龜告訴他：「天帝掌握一種寶貝，叫『息壤』，是一種能自動生長的土，可以用來填堵洪水。」鯀就偷來了息壤，用它治水。哪裏發現洪水，只要取一點兒息壤，就能將洪水堵住。就這樣，人們陸續回到了故鄉，開始重建家園，臉上也露出了笑容。

但是，天帝知道了這件事，大怒。他命令火神祝融把鯀抓到羽山殺死了。

洪水還沒有治理好，帝堯就派鯀的兒子禹繼續治水。

禹治水改用疏通的方法，效果很好。禹很辛苦，新婚第四天就離家去治水，因為忙於工程，三過家門都沒時間進去。

禹的妻子請求給禹送飯到工地，禹答應了，於是他的妻子每次聽到下工的鼓聲就去送飯。

禹的妻子堅持送飯，風雨無阻，但有一天卻出事了。

這一天，鼓聲響了，禹的妻子照例提飯送往工地。到工地後，在人堆裏沒看到丈夫，卻發現一隻大熊正站在山崖前，用兩隻熊掌奮力推動着崖斷面的土石，禹的妻子驚呆了。

大熊看到了禹的妻子，現出了本相，原來牠竟是禹變的！

禹的妻子很害怕，放下盛飯的瓦罐，轉身就跑。

禹抬腿就追。追呀，追呀，禹總算在嵩高山下把妻子給追上了。

妻子再也跑不動，站住了。禹從後面趕上去，一抓肩膀，竟然堅硬如鐵。

禹轉到妻子面前一看，不禁呆了 —— 妻子已經變成了石人！

禹很着急，手拍着變成石人的妻子的頭頂，呼喊着：「你還我孩子！還我孩子！」

話音剛落，只聽「嘣」的一聲，石人的肚子崩裂了，一個小孩兒蹦了出來。

原來，禹的妻子懷孕好久了。現在，孩子總算出生了。大禹抱起了小孩兒，給他取名叫「啟」——也有人叫他「開」，啟也是開的意思。禹用這個名字紀念兒子特殊的誕生方式。

禹能變熊，熊的形象，應該是他們那個部族崇拜的神靈。

息壤的「息」字，本來指呼吸。心臟推動血液，與外界進行氣體交換；換氣要經過鼻子，所以「息」字由「心」「自」組成，小篆作。呼吸是持續不斷的，所以「息」字還有滋生繁殖的意思。利息，是錢財滋生出來的；媳婦，能帶來人口的繁殖；而息壤，也就是能不斷滋生的土壤了。

是甲骨文的「土」字，像地面有土堆。

是甲骨文的「山」字，像山峯連綿起伏。

是甲骨文的「石」字，像山崖下有石塊。

「熊」字金文原作。熊的象形字，其實是「能」字，因為「能」字借作「能力」的「能」了，就另造了「熊」字。小篆的「能」寫作，在「能」的腳下生了火，楷書又像多加了四隻腳，特別有趣！

西王母還是西玉母

—— 玉、金的故事 ——

相傳炎帝神農氏的部下有一名雨師，名叫赤松子。赤松子喜歡佩戴玉，還把從水中採來的玉磨成粉喝下去，他說這樣自己就能鑽到火裏也不死。

炎帝有四個女兒。小女兒看上了赤松子，覺得他聰明能幹，本領很大，就主動接近他。赤松子害怕炎帝怪罪，就朝西而去 —— 拋棄官職出走了。炎帝的小女兒知道後，也離家出走，去追趕赤松子，這一追就追到了崑崙山。

炎帝的小女兒追上了赤松子，他們不便再回去，就在崑崙山定居下來。赤松子隱姓埋名，改稱「木公」，其實就是把「松」字一拆兩半；炎帝的小女兒自稱「玉母」。他們成了那裏戎族人的首領。

崑崙山以產玉而著名，《千字文》中就有「玉出崑崗」一句，意思是玉石出於崑崙山崗。

崑崙玉不斷傳到中原，使崑崙山的名聲越來越大，以至當地的戎族名聲也大了起來。由於崑崙山在西部，所以人們把戎族領袖玉母也稱為「西玉母」。

由於有越來越多的人喜歡玉石，中原人就把崑崙山神化了，說經常吃玉粉就能成仙，登上崑崙山頂就能上天，等等。於是，戎族叫木公的王就被人尊為「玉帝」，進一步稱為「玉皇大帝」。玉帝的夫人地位就等同於王后、王母。這樣一來，西玉母反而被傳稱為「西王母」了。

道教喜歡宣揚長生不老，還喜歡把金、木、水、火、土和東、西、南、北、中配成對，由於已經有了一個「西王母」，所以又把玉皇大帝稱為「東王公」。由於東方配的是木，西方配的是金，東王公又叫「木公」，所以西王母該稱為「金母」。這樣一來，她又多出個「金母」的名字。事實上，「金母」和金是沒有關係的。

「玉」的甲骨文字形是，像一串玉連在一起。

「王」的甲骨文字形是，像未裝柄的斧頭，象徵着王者的權威。

「金」的小篆字形是，像金屬塊在沙土層中的樣子。

扳指數數有兒歌

「大拇指哥，二拇指弟，鐘鼓樓，一齣戲，小妞妞，甭小氣！」

我們小時候，大概都唱過類似的兒歌，而且唱的時候，是不是用右手扳着左手指頭，扳一個唱一句呢？

這就是最早的數數教育。大拇指為一；二拇指為二；「鐘鼓樓」是中指，代表三；「一齣戲」是四折，無名指代表四；「小妞妞」是小指，代表五。

從前，汝州有一個土財主，家裏很有錢，可是幾輩人都不識字。

有一年，他請了一位教書先生來教兒子讀書識字。

先生先教小孩兒描紅，寫一橫，教他說「一」；寫兩橫，教他說「二」；寫三橫，教他說「三」。孩子高興極了，跑去告訴爸爸：「我學會了，您把先生辭退了吧！」

這個財主本來就很吝嗇，聽兒子這麼說，就將先生打發走了。

過了不久，財主打算請一個姓萬的親戚來喝酒，早晨起來，就讓兒子寫請帖。

到了晌午，請帖還沒寫好。財主去催，兒子恨恨地說：「天下的姓多的是，為甚麼偏要姓萬哪？從早晨到現在，我才寫完五百畫呀！」

父母、兄弟要和合

「和合」的意思就是和睦同心。家庭和睦了，每個人才會幸福。家庭和睦了，也是為社會作出貢獻。我國古代就有很多這樣的小故事呢！

《左傳》中說：「鄭武公的妻子叫武姜，生有兩個兒子。生大兒子時難產，武姜受了驚嚇，給孩子起名「寤生」，這孩子從小被武姜討厭；武姜偏愛的是小兒子段，想把他立為太子，因此多次向武公請求，可武公不答應。

後來寤生做了國君，就是鄭莊公。母親武姜替段請求，讓莊公把制邑交給段去管理。莊公不答應，認為制邑太險要，不安全，說段要別的地方都可以。武姜又替段請求京邑，莊公答應了，段就住在了京邑。

段在京邑吞併了周圍的兩三座城市，又整修武器、戰車，準備偷襲國都，到時候由武姜偷偷打開城門。大臣們把這些情況告訴了莊公，要他抑制弟弟的野心。莊公藉口母親偏愛弟弟，自己不好管而忍受着。其實，他已經做好了一切防備。

段果然發兵叛亂，莊公一下子就將其平定了。段逃奔到了共國，後來人們叫他共叔段。

經過這次叛亂，武姜的陰謀敗露，莊公很生氣，把她安置到城潁，發誓不到地下黃泉永遠不相見。

有個邊疆的小官潁考叔，有事來國都，莊公招待他吃飯。吃飯時，他把肉揀在一旁不吃。莊公問他原因，他說要帶回去給母親吃。莊公很感慨，後悔自己說了發誓不見母親的話。潁考叔就建議，可以挖個地宮代表黃泉，先接武姜進去，莊公再去拜見。

莊公照辦了。見到了母親，二人都很高興，從此母子倆和好了。」

這就是「莊公克段」的故事。故事啟發我們，家庭成員之間要團結，不要鬧分裂。

「寤」的意思是睡醒，由「宀」「爿」「吾」組成。「宀」「爿」表示室內有牀；「吾」是悟的省寫，表示牀上的人醒了。但是，故事中寤生的「寤」，屬於假借字，本來應該是「牾」，意思是不順，小篆寫作牾。

姑、舅意思古今別

姑姑、舅舅的叫法，不是古代一直傳下來的嗎？古今怎麼會有這麼大差別呢？趕緊讀讀下面的小故事了解它們的古今變化吧，這樣今後在閱讀傳統文化圖書的時候，才不會鬧笑話喲！

《禮記》上記載：孔子和弟子們路過泰山，看見一位婦女在墳前哭得很傷心。孔子扶着車前的橫木，聽了一會兒，就叫子路去問她：「您這樣痛哭，是有特別憂傷的事吧？」

「是呀！」婦人說，「從前我公公死在老虎口中，後來我丈夫也死在了老虎口中，現在我兒子又死在老虎口中了！」

孔子忍不住問：「那您為甚麼不離開這兒呢？」

「這兒沒有暴政。」婦人說。

孔子聽了後，便對弟子們說：「你們年輕人要記住，殘暴的統治，比老虎還兇惡呀！」

這個很有名的故事，叫「苛政猛於虎」。

在故事原文裏，這位婦女把公公稱為「舅」，這是一種古代的特殊叫法。因為遠古時代，曾經有過一種婚姻習慣：姑姑、舅舅家的兒女可以通婚。所以，

丈夫對岳父母、妻子對公婆，都用一樣的稱呼，把男的叫「舅」，把女的叫「姑」。

「舅」「姑」兩個字的諧音很有趣，「舅」在普通話和「舊」諧音；「姑」和「故」的讀音相近，「故」也是舊的意思。

讓梨、推棗和温席

「香九齡，能温席……融四歲，能讓梨」，《三字經》中的這兩個故事，大家都知道嗎？

前一個講的是漢代的黃香，年紀九歲，為父親搧帷帳，使枕蓆清涼，蚊蠅遠避，是尊敬長輩的典範；後一個講的是漢末的孔融，四歲時，有人送他家一筐梨，哥哥們爭着拿大的，孔融最後拿，而且只拿最小的，是禮讓兄弟的典範。

和孔融相似的，還有南朝梁時的王泰。王泰小時候，祖母召集孫兒們，倒了一堆棗子、栗子在牀上。其他孩子都爭着去拿，唯獨王泰不拿。祖母問他為甚麼，他說：「我不拿，您自然會給我的。」從這件事以後，親戚們都覺得小王泰不同凡響，將來會有大出息。

梨和棗可以讓，大的東西能不能讓呢？

唐代的張楚金，十七歲時和哥哥越石一同考「茂才」，考中了就可以去做官。兄弟倆成績都很好，但主考官認為，兄弟倆中只能錄取一個。楚金說：「按年齡，兄長大；按才能，哥哥高，就錄取哥哥吧！」

當時這個州的長官是李勣，聞聽後十分感動，歎息說：「國家要選拔德才兼備的人，張楚金兄弟倆很謙讓，應該都錄取。」

由於李勣的推薦，兄弟倆一同被錄取了。張楚金後來一直做到刑部尚書的位置。

小時候小事小讓，長大以後才能大事大讓，大氣量得從幼時培養。

「茂才」也叫「秀才」。東漢時，為避光武帝劉秀的名諱，改為「茂才」，後來又改回去了。

「茂」的小篆字形是，表示草木茂盛。「秀」的小篆作，像穀穗下垂的樣子。

獐邊是鹿，鹿邊是獐

宋代時，有人送給宰相王安石一頭獐和一頭鹿。家人和客人都圍着籠子看。兒子小王雱不滿十歲，也跑來看。

客人問小主人：「哪一頭是獐？哪一頭是鹿？」

小王雱不認識鹿和獐，想了一陣，就說：「獐旁邊的是鹿，鹿旁邊的是獐。」

客人們不由得都對他刮目相看。

「鹿」，甲骨文作 ，很像鹿的原形。

「獐」，異體字寫作「麞」，「章」表示字音。從字形可以看出來，牠是和鹿同一科的動物。獐比鹿小，不長角，雄性的獠牙外露。

文彥博取球和范純佑擘錫

我們從小都聽過曹沖秤象、司馬光砸缸的故事，都很佩服他倆的智慧和才能。

其實，關於變通和機智的故事，在古代兒童身上還有很多。

北宋丞相文彥博小時候和伙伴玩球，不料球掉到了樹根部的一個窟窿裏。大家用木杆捅，但窟窿內部是彎的，木杆夠不到底，再說木杆也不能把球鈎上來，於是大家一時沒了主意。

文彥博不聲不響，提了一桶水，倒進洞去，球馬上浮了起來。

這個故事叫「灌穴取球」。

范仲淹和富弼兩人都做過宋代宰相，兩家的兒子也常在一起玩。

有一年，富家有人去世。喪禮上，擺着許多陪葬器物，銀光閃閃的。范家的小純佑在旁，取了一個，擘斷看了看，當着那麼多人面前說：「原來是錫做的，我還當是銀子呢！」

小富不高興了，覺得很丟面子。小純佑把他拉到一邊，悄悄地說：「這麼多人看着，都以為是銀子做的，難道不怕人家去盜墓嗎？」小富明白了小純佑的用意，非常佩服。當時小純佑才十來歲。

這個故事叫「擘器露錫」。

「灌」字，水字旁、雚聲。雚，就是鸛鳥，一種大水鳥，長嘴、長脖、長腿、長趾。鸛鳥以水生小動物為食，所以「灌」字中包含「雚」字。

「擘」字，手字旁、辟聲，表示用手掰開。包含「辟」字的字，帶有分開或在旁邊的意思，如避、臂、壁、劈、僻等。

牧豬、掛角與廄灶吹火

豬也可以放牧嗎？「掛角」和「廄灶吹火」是甚麼意思呢？聽起來，好像都在講農村裏的故事，一起來看看吧！

東漢時的承宮是個孤兒，八歲就給人放豬。

承宮的家鄉有個叫徐子盛的人精通《春秋》，教授了幾百名學生。

承宮放豬時經過教室外邊，非常羨慕，就偷偷在教室外邊聽。徐先生發現後，留下了他，讓他給學生們撿拾柴火。承宮吃苦多年，勤學不倦，把課業都弄明白了，就回家自己收學生，當起了教師。這是「牧豬好學」的故事。

隋末的李密年輕時，曾騎牛外出，掛《漢書》於牛角，一面抓着牛鞭，一面翻書閱讀。越國公楊素見到，問是何處書生如此好學。李密認得楊素，就下牛拜見，說了自己的姓名。楊素問他所讀何書，李密回答說是《項羽傳》。這是「掛角好學」的故事。

蘇頲是唐代著名文學家和政治家。

小時候，蘇頲很好學，在馬廄中看書。晚上沒有燈燭，他發現馬廄的爐灶裏總是有火，就靠近爐灶借

火光讀書。火暗了，他就用嘴吹吹，吹亮了再讀，又暗下去了，就再吹。

蘇頲刻苦讀書的精神，終於感動了父親。後來父親推薦他為皇帝起草文書，他非常稱職，官做到了宰相。這是「廐灶好學」的故事。

「牧」字由「牛」「攵」兩部分合成。「攵」本來寫成「攴」，讀「撲」。牧，甲骨文作，像人的手拿着一條鞭子，這是放牧的工具。牛字旁表示放牧的對象。

「掛」字，中間的「圭」表示字音；左右的「扌」「卜」，表示把東西掛起來。

「廄」字，也寫成「廏」。「既」表示與「廄」相近的讀音。

「灶」字，由「火」「土」合成，表示可以燒火做飯的小土台。異體字是「竈」。穴字頭表示灶膛。

不看狀元靜讀書

為甚麼故事中的蘇轍不出去看狀元呢？狀元可是「稀罕」人物，看完了再回去讀書不行嗎？蘇轍的故事告訴了我們甚麼道理呢？

蘇轍是北宋大文豪蘇軾的弟弟，蘇軾蘇轍二人與父親蘇洵在文學史上被並稱為「三蘇」。

「轍」的小篆字形是，意為車輛駛過後留下的車輪印跡，是判斷車輛來向和去向的依據；「軾」的小篆字形是，是車廂前端作為扶手的橫木，人可以登上車扶着扶手遠望。

古人的名和字意義相關，所以蘇轍字子由，蘇軾字子瞻。

他們的父親蘇洵被稱為「老蘇」，兄弟倆分別被

稱為「大蘇」和「小蘇」。父子三人的文學成就，都與他們的勤奮好學分不開。

比如青年時代的蘇轍，就十分勤奮好學。有一次，朋友發來邀請，提議一起去觀看新科狀元插宮花騎馬遊街。蘇轍回信說：

「天子獎賞天下英豪並賜官給他們，考中第一的，接受任命後由眾人簇擁着走出宮門。一路上天子所賜的黃旗儀仗充塞道路，狀元頭戴插着紅色宮花的帽子、穿着彩色官服，騎着馬小步行進。觀看者聚攏如雲，真可謂榮幸啊！」

「但是，不知您是要做個觀看者呢，還是要做個被人觀看者。假若打算將來有朝一日也被人滿懷羨慕地觀看，就把去觀人的時間用來觀書吧！」

在別人趕着湊熱鬧的時候，蘇轍卻能靜心學習，表現出不同於流俗的遠大抱負。

痴兒浪子也能成才

「痴兒」是指智力不太好的兒童嗎？他們也能通過努力變得很優秀嗎？人們總說「浪子回頭金不換」，你知道這裏面蘊含着甚麼道理嗎？

痴兒浪子也能成才。黃鑒、閻若璩、皇甫謐和寇準就是範例。

宋代的黃鑒，七歲時還不開口說話，人們都以為這孩子是個啞巴，也許將來智力不濟。

黃鑒的爺爺卻不這樣看。他認為黃鑒長得靈秀，品行又好，將來一定能成大器，光耀門庭。

儘管黃鑒一直不開口，爺爺仍然耐心教導他，碰到甚麼景物，總是不厭其煩地告訴他，這叫甚麼，那叫甚麼，有甚麼特點，有甚麼用處。

有一天，爺爺又用楊億的事跡來開導他。楊億小時候也不說話，他父親有一次取笑他：「後園梨落籬，神童知不知？」楊億忽然開口說：「不是風搖樹，便是鵲驚枝。」爺爺講到這裏，回頭問黃鑒：「你長得這麼秀氣，怎麼還說不了話呢？」黃鑒還是不吭聲，但爺爺仍舊沒有灰心。

又有一天，爺爺帶黃鑒去河邊玩。欣賞着景色，爺爺說：「水馬池中走。」黃鑒忽然接口說：「游魚波上浮。」爺爺十分驚喜，孫兒終於說話了！

黃鑒長大後，文采出眾，做了翰林學士。

清代的閻若璩，從小口吃，反應比較遲鈍，讀書上千遍，也不能背誦。

他十五歲時，冬夜讀書，反覆思考，不能理解。天已四更，寒冷難忍，他仍端坐沉思，心竅忽然大開。從此以後，閻若璩就變得越來越聰明，研究經史，成了大學者。

以上是「痴兒」成才的例子。

西晉的皇甫謐，小時候父母雙亡，家貧如洗，被寄養在叔父家中。

可誰知道，皇甫謐直到二十歲時，仍是個浪蕩子。

有一天，他得到朋友贈送的一些瓜果，就拿去孝敬嬸母。沒想到嬸母看到後，不僅不高興，還一臉憂愁地說：「你都二十啦，還不知上進，不把心思放在學業上，怎麼能安慰我呢！」

嬸母接着說：「孟母為了讓孟子學習，搬過三次家；曾子為了教育兒子，親手殺了豬。到底是我擇鄰不當，還是我的教法不對呢？」說着就流下淚來。

皇甫謐聽後，深感慚愧，從此拜當地名人席坦為師，勤學上進，終於成為大學者。

宋代的名相寇準和皇甫謐類似，小時候也

是浪蕩成性，飛鷹走狗。有一次，母親實在氣極了，拿起秤錘向他砸去，寇準一躲，秤錘砸在了他的腳上，流了好多血，母親也傷心地哭了。

從此以後，寇準改過自新，努力求學。待到他富貴以後，每次洗腳，摸到腳上的傷疤，想起母親，都忍不住流淚，覺得要不是母親，自己這輩子還能走上正路嗎？

不論任何人，就連痴兒、浪子，都有成才的可能，關鍵在於加強教育和提升自己的覺悟。

「痴」，異體字是「癡」。「疒」表示意思；「疑」表示字音。疑，甲骨文作 ，像一人手拄拐杖回頭邊張望邊行走，似乎疑惑該不該出門，或者擔憂天下雨。

「浪」，指波浪，小篆寫作 。浪子，也就是浪蕩子，指像波浪一樣起伏，不踏實、不穩定的孩子。

試想，一個浪子改過自新、成才成名之時，親朋好友誰不高興？畢竟，浪子回頭金不換哪！

責任編輯：劉萄諾
裝幀設計：鄧佩儀
排　版：鄧佩儀
印　務：劉漢舉

我們的國粹

漢字小故事

編著 ◎ 范三畏

出版｜中華教育
香港北角英皇道 499 號北角工業大廈 1 樓 B 室
電話：(852) 2137 2338 傳真：(852) 2713 8202
電子郵件：info@chunghwabook.com.hk
網址：http://www.chunghwabook.com.hk

發行｜香港聯合書刊物流有限公司
香港新界荃灣德士古道 220-248 號 荃灣工業中心 16 樓
電話：（852）2150 2100　傳真：（852）2407 3062
電子郵件：info@suplogistics.com.hk

印刷｜美雅印刷製本有限公司
香港觀塘榮業街 6 號海濱工業大廈 4 字樓 A 室

版次｜2022 年 11 月第 1 版第 1 次印刷

規格｜16 開（210mm x 145mm）

ISBN｜978-988-8808-55-7